Angela e Luciana Giussani

DIABOLIK

Le rivali di Eva

OSCAR MONDADORI

I edizione Oscar bestsellers maggio 1997

ISBN 978-88-04-42929-6

Questo volume è stato stampato
presso Mondadori Printing S.p.A.
Stabilimento NSM - Cles (TN)
Stampato in Italia – Printed in Italy

Ristampe:

13 14 15 16 17 18 19

2007 2008 2009 2010 2011

www.librimondadori.it

DIABOLIK

Le rivali di Eva

IL GIALLO A FUMETTI
DIABOLIK
di A. e L. GIUSSANI
LA RIVALE DI EVA
1

SULLA STRADA CHE PORTA ALLA VILLA DEI BARONI DEBLANC...

AAAH!!
2

PIU' TARDI...
HO INVESTITO L'AUTISTA DEI DEBLANC. - ORA NE DOVRANNO ASSUMERE UN ALTRO E SICURAMENTE FARANNO UN'INSERZIONE SUL GIORNALE.
3

MI PRESENTERO' SUBITO E CHIEDERO' UNO STIPENDIO BASSO COSI' AVRO' DI CERTO IL POSTO.- STUDIERO' ATTENTAMENTE LE ABITUDINI DEL BARONE GERMANO E QUANDO MI SOSTITUIRO' A LUI SARO' PERFETTO.

QUANDO AVVERRA' IL MATRIMONIO?
FRA 20 GIORNI!

HO SENTITO DIRE CHE LA FIDANZATA E' POVERA MA BELLISSIMA E CON UN FASCINO IRRESISTIBILE...
4

... TU L'HAI VISTA, È VERO?
L'HO VISTA DI SFUGGITA MENTRE ENTRAVA IN UNA SARTORIA, NON L'HO OSSERVATA BENE.
STRANO... A TE BASTA UN'OCCHIATA PER VEDERE TUTTO!
TESORO, NON LASCIARTI PRENDERE DALLA TUA SOLITA GELOSIA, NON HO NOTATO SE SIA BELLA O BRUTTA, È LA VERITÀ!
È VERAMENTE COSÌ PICCOLA DI STATURA CHE IO NON POSSA SOSTITUIRMI A LEI?
5

SI', EVA, E' IMPOSSIBILE, MENTRE IO HO LA STESSA CORPORATURA DEL BARONE GERMANO.
DUE GIORNI DOPO...
ECCO, IL BARONE DEBLANC HA FATTO L'INSERZIONE. - VADO SUBITO A PRESENTARMI.

TI TELEFONERANNO PER LE REFERENZE. - SARAI LA SIGNORA AMELIA KOREN E DIRAI CHE MI HAI LICENZIATO PERCHE' DEVI PARTIRE PER UN LUNGO VIAGGIO E NON HAI PIU' BISOGNO DI PERSONALE.
SE DESSI DELLE CATTIVE REFERENZE NON TI ASSUMEREBBERO...
EVA, NON VORRAI ROVINARE IL MIO PIANO?!
I GIOIELLI DELLA FAMIGLIA DEBLANC VALGONO 800 MILIONI E LA CASSAFORTE E' INATTACCABILE, GIA' L'ANNO SCORSO HO DOVUTO RINUNCIARE AL COLPO!
7

QUESTA E' L'OCCASIONE BUONA! - DOPO IL MATRIMONIO IL VECCHIO BARONE VITTORIO SVELERA' AL NIPOTE E ALLA SUA SPOSA IL SEGRETO PER APRIRE LA CASSAFORTE.

PER TRADIZIONE I DEBLANC ENTRANO IN POSSESSO DEI GIOIELLI LA SERA DELLE NOZZE. - APPENA RIMARRO' SOLO NARCOTIZZERO' LA DONNA E RUBERO' TUTTO.
8

NEL POMERIGGIO...
PRONTO, SONO IL BARONE VITTORIO DEBLANC, VORREI PARLARE CON LA SIGNORA AMELIA KOREN.
SONO IO.

SCUSATE SE VI DISTURBO, SIGNORA, DESIDEREREI AVERE INFORMAZIONI SU CARLO SERTON CHE E' STATO VOSTRO AUTISTA PER DUE ANNI.
9

E' UN OTTIMO ELEMENTO! - L'HO LASCIATO LIBERO PERCHE' DEVO PARTIRE E STARO' LONTANA PARECCHI MESI.
GRAZIE, SIGNORA.

GIOVANOTTO, SIETE ASSUNTO, LA SIGNORA KOREN HA DATO BUONE INFORMAZIONI SUL VOSTRO CONTO.
MENO MALE, EVA NON HA ROVINATO IL MIO PIANO!
10

CIAO, ZIO VITTORIO, DISTURBIAMO?
NO, RAGAZZI, VENITE! QUESTO E` IL NUOVO AUTISTA.- PRENDERA' SERVIZIO SUBITO.

CHE FORTUNA!- RIMANERE SENZA AUTISTA IN QUESTO MOMENTO SAREBBE STATO UN GUAIO.- YAMA HA MILLE COSE DA COMPRARE E IO NON POSSO ACCOMPAGNARLA DAPPERTUTTO!
QUELL'ORIENTALE SEMBRA UNA STATUINA DI PORCELLANA... SEI MESI FA L'HO VISTA DA LONTANO E NON AVEVO NOTATO LA SUA DELICATA BELLEZZA...
11

MARIA, MOSTRA A CARLO LA SUA CAMERA E DAGLI LA DIVISA.

DUE SETTIMANE DOPO...
HO SENTITO UN RUMORE... C'E' QUALCUNO...
12

OH, AMORE, SEI TU!- MI ERO SPAVENTA-TA!-
13

MA NON DOVEVI VENIRE DOMANI NOTTE?
OGGI HO AVUTO L'OCCASIONE BUONA PER LICENZIARMI E L'HO COLTA AL VOLO.- IL BARONE VITTORIO S'E' ARRABBIATO PERCHE' GUIDAVO A FORTE VELOCITA' E GLI HO DETTO DI TROVARSI UN ALTRO AUTISTA.

ORA TORNERO' ALLA VILLA COME GERMANO DEBLANC.- HO GIA' FATTO LA MASCHERA.- LUI E' RINCHIUSO DI SOTTO IN CANTINA.
ALLORA E' UN PO' CHE SEI QUI?
14

SONO ARRIVATO AL-L'UNA.- HO VISTO CHE DORMIVI E NON HO VOLUTO SVEGLIARTI.- STAVO LASCIANDOTI UN BIGLIETTO.
OH, CARO, HO PAURA!...
DI CHE COSA, EVA?- SARA' IL COLPO PIU' SEMPLICE CHE ABBIA MAI FATTO.
ADESSO DEVO ANDARE, SONO GIA' LE TRE.- MI CI VUOLE UN'ORA DI MACCHINA PER ARRIVARE ALLA VILLA.
15

PIU' TARDI...
NON RIESCO PIU' A DORMIRE... HO FATTO MALE A NON DIRGLI CHE AVEVO VISTO LA FOTOGRAFIA DI YAMA SUI SETTIMANALI E...
...CHE ERA LA BELLEZZA DI QUELLA DONNA A FARMI PAURA.
NON HO VOLUTO ANNOIARLO CON LA MIA GELOSIA E HO SBAGLIATO.
16

SE NE AVESSI PARLATO ORA SAPREI SE E` RIMASTO AFFASCINATO DALL'ORIENTALE. - LUI AVREBBE CERTAMENTE NEGATO, MA IO CAPISCO SUBITO QUANDO MENTE.
DOMATTINA ANDRO` ALLA VILLA!
MI MESCOLERO` AI FOTOGRAFI E OSSERVERO` IL COMPORTAMENTO DEL BARONE GERMANO.

FARÒ UNA MASCHERA NUOVA.- SE USASSI UNA DI QUELLE CHE CI SONO GIÀ QUI, LUI MI RICONOSCEREBBE E IL SUO MODO DI AGIRE NON SAREBBE PIÙ NATURALE.

L'INDOMANI...
ECCO I FIDANZATI!
18

GUARDATE CHE OCCHI DOLCISSIMI HA YAMA!
LE ORIENTALI HANNO UN FASCINO PARTICOLARE CHE LE NOSTRE DONNE NON HANNO!- TI INCATENANO AL PRIMO SGUARDO!
ANCHE **LUI** SUBIRA' QUEL FASCINO?...
19

MI SEMBRA CHE LA STIA GIA' GUARDANDO CON MOLTO INTERESSE...
NO... FORSE NON E' VERO... MI STO LASCIANDO SUGGESTIONARE...
SCATTERO' DELLE FOTOGRAFIE, COSI' QUANDO SARO' AL RIFUGIO POTRO' ESAMINARE ATTENTAMENTE LA SUA ESPRESSIONE.
20

NEL POMERIGGIO INFATTI...
IL DUBBIO CONTINUA A TORMENTARMI... IN CERTE FOTOGRAFIE GUARDA YAMA CON TENEREZZA...
QUI SI COMPORTA COME UN VERO INNAMORATO...
... E IN QUEST'ALTRA INVECE E' FREDDO E INDIFFERENTE.
21

DEVO STAR CALMA E AVER FIDUCIA!
NESSUNA DONNA PUO' DI- STRUGGE- RE IL NO- STRO AMO- RE!
NON GUARDERO' PIU' QUESTE FOTO- GRAFIE! - FRA TRE GIORNI CI SARA' IL MATRIMONIO, LUI FARA' IL COLPO E VERRA' SUBI- TO QUI... DA ME!
22

LA SERA DELLE NOZZE...
OH, FINALMENTE GLI OSPITI SE NE SONO ANDATI! - SARETE STANCHISSIMI, RAGAZZI MIEI!
E' STATO UN RICEVIMENTO MERAVIGLIOSO!
TUTTI SONO RIMASTI INCANTATI DALLA TUA BELLEZZA, SONO UN UOMO INVIDIATO!
VENITE! VI MOSTRERO' IL FUNZIONAMENTO DELLA CASSAFORTE E POI POTRETE RIMANERE SOLI!

YAMA, OGGI SEI DIVENTATA UNA DEBLANC E AVRAI I GIOIELLI DI FAMIGLIA. - GERMANO VOLEVA PARTIRE SUBITO PER IL VIAGGIO DI NOZZE, MA IO HO VOLUTO RISPETTARE LE TRADIZIONI. -

TUTTE LE BARONESSE DEBLANC ENTRANO IN POSSESSO DEI GIOIELLI LA SERA DELLE NOZZE.
BISOGNA SEGUIRE LE ANTICHE USANZE PER PROPIZIARSI IL DESTINO.
24

MI PIACE SENTIRTI PARLARE COSI`! - GERMANO NON POTEVA TROVARE SPOSA MIGLIORE!
ECCO, YAMA, IL TESORO DEI DEBLANC E` QUI DENTRO, NEL TUO SALOTTINO PRIVATO.
DIETRO A QUESTO TENDAGGIO C'E` UNA CASSAFORTE E PARECCHI LADRI HANNO TENTATO DI FORZARLA SENZA MAI RIUSCIRCI. - IL SEGRETO E` MOLTO SEMPLICE...
25

LA CASSAFORTE NON C'E`!- QUESTO E` UN BLOCCO D'ACCIAIO MESSO QUI PER INGANNARE I DELINQUENTI!
ORA CAPISCO PERCHE` NON SONO RIUSCITO AD APRIRLA...

I GIOIELLI SONO IN QUEL PICCOLO E INNOCENTE TAVOLINO!

PREMENDO UN PULSANTE QUI SOTTO, IL PIANO SI APRE!
26

CHE MERA-VIGLIA!
QUESTA COLLANA HA DEI DIAMANTI ENORMI, NON NE HO MAI VISTI DI SIMILI!
ORA LI LASCIO SOLI.
27

IL VECCHIO DE-BLANC SE N'E' ANDATO, ADESSO NARCOTIZZERO' YAMA!
GERMANO, AMORE MIO!
28

INTANTO EVA...
SONO LE UNDICI... AVRA' GIA' FATTO IL COLPO E FRA QUALCHE ISTANTE SARA' QUI!
SENTO IL RUMORE DI UN MOTORE, E' LUI!
NO, LA MACCHINA HA PROSEGUITO.
29

SONO MOLTO INQUIETA, MA DEVO CERCARE DI CALMARMI. - IL RICEVIMENTO FINIRA' TARDISSIMO.
ANDRO' A PRENDERE UN ALTRO TRANQUILLANTE, SONO ANCORA TANTO NERVOSA.
PIU' TARDI...
OH... MI SONO ADDORMENTATA...
30

HO PRESO TROPPI CALMANTI E IL SONNO MI HA VINTO.
SANTO CIELO! - SONO LE SETTE DEL MATTINO!...
...E LUI NON È ANCORA ARRIVATO! - L'HANNO SCOPERTO ED È STATO ARRESTATO!
31

LA RADIO! A QUEST'ORA C'E` IL NOTIZIARIO!
POCO DOPO...
NON HANNO DETTO NULLA, MA PUO` ESSERE UN TRUCCO PER CATTURARE ANCHE ME...
GINKO AVRA` TACIUTO LA NOTIZIA SIA ALLA RADIO CHE AI GIORNALI.- DIO MIO E **SE FOSSE RIMASTO FERITO?** ... DEVO ANDARE A VEDERE!- RIMETTERO` LA MASCHERA DA FOTOGRAFA ED AGIRO` CON MOLTA PRUDENZA.
32

MI FERMERO` A QUALCHE CHILOMETRO DA CASA DE-BLANC E INTERROGHERO` LA GENTE DEL PO-STO, SICURAMENTE LORO SANNO QUEL-LO CHE E` SUCCES-SO.- LA POLIZIA PUO` NASCONDERE UNA NOTIZIA AL GROS-SO PUBBLICO, MA NON AGLI ABITANTI DEL LUOGO.
UN'ORA PIU` TARDI...
ECCO, STA AR-RIVANDO UN UOMO IN BICICLETTA, SE ABI-TA DA QUESTE PARTI POTRA` DARMI DELLE INFORMAZIONI.
33

SCUSATE, VOI SIETE PRATICO DELLA ZONA?
CERTO, ABITO QUI!
POTETE DIRMI DOV'E` LA VILLA DEI BARONI DEBLANC?
PIU` AVANTI, A CIRCA DIECI CHILOMETRI.
IO LAVORO PER UN GIORNALE. - HO SENTITO DIRE CHE ALLA VILLA E` STATO COMMESSO UN FURTO ED E` VENUTA LA POLIZIA, E` VERO?
34

VI HANNO INFORMATO MALE! - LA MIA CASA E` VICINA A QUELLA DEI DEBLANC. SE FOSSE VENUTA LA POLIZIA L'AVREI SENTITA.
GRAZIE, BUONGIORNO!
BUONGIORNO...
NON E` STATO ARRESTATO, MA ALLORA?... FORSE E` SUCCESSO QUALCOSA DI ANCOR PIU` TERRIBILE PER ME ... E` ANCORA ALLA VILLA CON YAMA.
35

NO... NO... FORSE QUELL'UOMO HA MENTITO... NON E' VERO CHE ABITA VICINO ALLA VILLA E NON SA NULLA DI QUELLO CHE E' ACCADUTO.

DEVO ARRIVARE FINO ALLA CASA DEI DEBLANC E SAPERE LA VERITÀ!

POCO DOPO...
LÀ C'È IL GIARDINIERE, CHIEDERÒ A LUI.
36

SENTITE, LAVORO PER UN GIORNALE, MI POTETE DARE DELLE NOTIZIE SUGLI SPOSI? SONO GIA' PARTITI PER IL VIAGGIO DI NOZZE?
NO.- PARTIRANNO ALLE DIECI DALL'AEROPORTO.
ORMAI NON HO PIU' DUBBI... S'E' INNAMORATO DI QUELL'ORIENTALE!
37

SIGNORINA, VI SENTITE MALE?

SANTO CIELO! E' SVENUTA!
38

LA PORTERO' ALLA VILLA!
39

GIUSEPPE, CHI E` QUELLA DONNA?
NON SO, HA DETTO CHE LAVORA PER UN GIORNALE, STAVA PARLANDO CON ME E DI COLPO E` CADUTA A TERRA.

METTILA SUL MIO LETTO, VADO A PRENDERE I SALI!
40

SIGNORINA! - SIGNORINA!
QUESTA DONNA HA LA MASCHE-RA!
ECCO I SALI!
MA CHE TI PRENDE? CHE HAI?
41

E` EVA KANT! CORRI A CHIAMARE IL BARONE VITTORIO!

PIU` TARDI...
ISPETTORE GINKO, E` SPAVENTOSO! - LA COMPLICE DI DIABOLIK E` IN CASA MIA! - SICURAMENTE TENTAVA DI FARE UN COLPO!
42

COME L'AVETE SCOPERTA?
STAVA PARLANDO COL MIO GIARDINIERE, DI CERTO VOLEVA ATTIRARLO IN UN TRANELLO, QUANDO A UN TRATTO È SVENUTA. - GIUSEPPE L'HA PORTATA IN CASA E MENTRE LA SCHIAFFEGGIAVA PER FARLE RIPRENDERE I SENSI SI È ACCORTO CHE AVEVA LA MASCHERA.
IO L'HO LEGATA E L'HO RINCHIUSA IN BIBLIOTECA, POI HO TELEFONATO SUBITO A VOI!
ECCOLA!
43

E' PROPRIO LEI!
GINKO, VI PREGO, ASPETTATE A PORTAR VIA QUESTA DONNA. - FRA POCO MIO NIPOTE E SUA MOGLIE PARTIRANNO PER IL VIAGGIO DI NOZZE E NON VOGLIO CHE LA LORO LUNA DI MIELE VENGA TURBATA.

FINORA NON SI SONO ACCORTI DI QUELLO CHE E' SUCCESSO. - NON VOGLIO OMBRE SULLA LORO FELICITÀ!

SE PARLASSI LO ARRESTEREBBERO...
44

ALLE PAROLE DEL BARONE, EVA KANT HA SOBBALZATO E NEI SUOI OCCHI HO VISTO UN LAMPO DI ODIO... I DISCORSI SULLA FELICITÀ DEGLI SPOSI L'HANNO FATTA FREMERE...

UN MOMENTO! - VOI IERI SERA AVETE CONSEGNATO A VOSTRO NIPOTE E A SUA MOGLIE I GIOIELLI DI FAMIGLIA?
SÌ, MA CHE C'ENTRA?
45

PRESTO, ACCOMPA-GNATEMI IN CAMERA DEGLI SPOSI, HO UN TERRIBILE SOSPET-TO!
VOI CIRCONDATE LA VILLA!
GINKO HA CAPITO TUTTO... È FINITA PER LUI. - POCO FA HO DESIDE-RATO DI VENDI-CARMI, MA A-DESSO SOFFRO TERRIBILMENTE... LO AMO! LO AMO ANCORA!
46

QUELL'ORIENTALE NON PUO' AVERE NESSUNA IMPORTANZA NELLA SUA VITA E IO L'HO GIA' PERDONATO, MA... ORMAI E' TROPPO TARDI!

GINKO, SOSPETTATE CHE DIABOLIK ABBIA PRESO IL POSTO DI GERMANO?
SI'! - E QUEL CRIMINALE E' ANCORA QUI! - ECCO PERCHE' EVA KANT E' VENUTA IN QUESTA CASA!
47

I GIOIELLI NON CI SONO PIU`!
DIABOLIK, SEI CIRCONDATO!
NESSUNO! LA CAMERA E` VUOTA!
MALEDETTO! E` SCAPPATO PRIMA DEL NOSTRO ARRIVO!
48

MA ANCHE LA DONNA NON C'E' PIU`...
E` SPAVENTOSO! GERMANO E` STATO UCCISO!
CORAGGIO!- SPERIAMO CHE L'ABBIA NARCOTIZZATO E PORTATO IN UN SUO RIFUGIO.
E CHE NE SARA` STATO DI YAMA?
HO SOSPETTATO SUBITO CHE LA BELLEZZA DELL'ORIENTALE AVESSE COLPITO DIABOLIK, MA CREDEVO CHE FOSSE LA DEBOLEZZA DI UN MOMENTO E INVECE L'HA PORTATA CON SE`.
49

PER EVA KANT SARÀ UN COLPO DURISSIMO E IO NE APPROFITTERÒ...
FORSE RIUSCIRÒ A FARLA PARLARE!
POVERA YAMA, COSÌ DOLCE, COSÌ BUONA... IN MANO A...
SENTO DEI PASSI... SI STANNO AVVICINANDO... ORA LUI PENSERÀ CHE SIA STATA IO A DENUNCIARLO.
50

DIABOLIK E` FUGGITO MOLTO PRIMA DEL NOSTRO ARRIVO!- HA RUBATO TUTTI I GIOIELLI E HA RAPITO YAMA!
NO! NON E` POSSIBILE! E` UN TRANELLO DI GINKO!
PENSI CHE STIA TENDENDOTI UN TRANELLO, MA TI SBAGLI!- HO DETTO LA VERITA` E DATO CHE HAI MOLTO INTUITO DOVRESTI SENTIRE CHE NON STO MENTENDO.
51

E' VERO... SENTO CHE GINKO NON MENTE... **LUI** SE N'E' ANDATO CON YAMA... S'E' INNAMORATO DI LEI ANCOR PRIMA DI PRENDERE IL POSTO DI GERMANO DEBLANC... QUANDO ERA L'AUTISTA.

L'HO CAPITO LA NOTTE CHE E' TORNATO A CASA PER FARE LA MASCHERA... SE NE STAVA ANDANDO SENZA NEMMENO PARLARMI... HA DETTO CHE NON VOLEVA SVEGLIARMI, INVECE NON VOLEVA VEDERMI... PENSAVA GIA' A QUELL'ALTRA.
52

NON HO MAI VISTO UNA DONNA SOFFRIRE COSI' TANTO... SE RIUSCISSI A DIMENTICARE CHE E' LA COMPLICE DI DIABOLIK MI FAREBBE PENA.
EVA KANT, PENSA CHE ORA SEI LA PIU' GRANDE NEMICA DI DIABOLIK! TU CONOSCI TUTTI I SUOI SEGRETI E RAPPRESENTI UN PERICOLO PER LUI... POTREBBE ANCHE UCCIDERTI!
53

ORMAI NON MI IMPORTA DI MORIRE!
ORA SEI SCONVOLTA E LA MORTE PUO' SEMBRARTI UNA LIBERAZIONE DAL DOLORE, MA COL TEMPO TORNERAI AD AMARE LA VITA!
LA POLIZIA POTREBBE ESSERE MOLTO CLEMENTE SE TU L'AIUTASSI... DIMMI DOVE SONO I RIFUGI DI DIABOLIK: NON TE NE PENTIRAI, TI DO LA MIA PAROLA!
54

PENSACI, TORNERÒ PIÙ TARDI!
HA DETTO QUALCOSA?
NON È LA DONNA CHE CEDE FACILMENTE!
ADESSO È SOTTO SHOCK, SPERIAMO CHE IN LEI ABBIA IL SOPRAVVENTO IL DESIDERIO DI VENDETTA.
SE PARLASSE RIUSCIREMMO A TROVARE GERMANO E I GIOIELLI.
55

ISPETTORE, CHIAMO IL CELLULARE?
SI', MA EVA KANT NON PARTIRA'. - FAREMO UN FINTO TRASFERIMENTO E AVVISEREMO I GIORNALI E LA RADIO IN MODO CHE LA NOTIZIA VENGA DIVULGATA.

PERCHE' QUESTE PRECAUZIONI?- DIABOLIK NON VERRA' CERTO A LIBERARLA!
POTREBBE TENTARE DI RAPIRLA PER FARLA TACERE PER SEMPRE.- MEGLIO ESSERE PRUDENTI, LA PORTEREMO AL CARCERE NEL CUORE DELLA NOTTE.
56

NEL POMERIGGIO...
GINKO, EVA HA PARLATO?
NO, SI E' CHIUSA IN UN MUTISMO OSTINATO, FORSE IN LEI C'E' ANCORA LA SPERANZA, SIA PUR DEBOLE, CHE DIABOLIK RITORNI.

LE AVETE DETTO CHE IL CELLULARE E' ARRIVATO A DESTINAZIONE REGOLARMENTE E CHE QUINDI DIABOLIK NON HA PENSATO NEMMENO LONTANAMENTE A LIBERARLA?
SI, GLIEL'HO DETTO, MA E' RIMASTA IMPASSIBILE.
57

CHISSÀ, FORSE SPERA ANCORA CHE DIABOLIK ABBIA SCOPERTO CHE IL TRASFERIMENTO ERA FALSO.
A CHE ORA LA PORTERETE IN CARCERE?
ALLE DUE DI QUESTA NOTTE.
VERSO LE UNDICI DI SERA...
HO SENTITO UN RUMORE... VIENE DALLA LIBRERIA...
58

UNO SCAFFALE SI STA MUOVENDO... C'E` UN PASSAGGIO SEGRETO...
E` LUI! E` VENUTO A LIBERARMI!
AMORE, HO GIÀ DIMENTICATO... NON TI CHIEDERO` MAI NIENTE DI QUELLO CHE E` ACCADUTO CON YAMA... SE SEI QUI VUOL DIRE CHE MI AMI E PER ME E` TUTTO.
59

CHE FAI?...

NO!- NON UCCIDERMI! TI AMO!

AAHHH!!!
PRESTO ENTRIAMO!
ATTENZIONE! PUO' ESSERE UN TRUCCO!
60

E' ANDATA VIA LA LUCE! ACCENDIAMO LE TORCE ELETTRICHE!

E' MORTA!
61

NO, RESPIRA! - E` SOLTANTO SVENUTA!
CHE E` SUCCESSO?
ISPETTORE, ABBIAMO SENTITO EVA KANT URLARE **NON UCCIDERMI, TI AMO.** SIAMO ENTRATI IMMEDIATAMENTE E L'ABBIAMO TROVATA SVENUTA!
62

HA DEI SEGNI SUL COLLO... E` CHIARO IL TENTATIVO DI STRANGOLAMENTO.
DIABOLIK!
NON C'E' DUBBIO! SLEGATELA!
IN QUESTA STANZA C'E` UN PASSAGGIO SEGRETO, DOBBIAMO APRIRLO SUBITO! - VAI A CHIAMARE IL BARONE VITTORIO!
ECCOMI! - ERO IN CAMERA MIA, MA NON DORMIVO, SONO TROPPO ANGOSCIATO!
63

IL PASSAGGIO SEGRETO E' MASCHERATO DALLA LIBRERIA. - HO COMMESSO UN GRAVE ERRORE A NON SEGNALARVELO, MA DA IERI NON RIESCO PIU' A PENSARE, SONO TROPPO SCONVOLTO.

NATURALMENTE DIABOLIK E' RIUSCITO A SCOPRIRLO.
APRITELO! - I MIEI UOMINI FARANNO UNA PERLUSTRAZIONE, NON VORREI CHE QUEL CRIMINALE FOSSE NASCOSTO ANCORA LÌ DENTRO!
64

ECCO FATTO!
ISPETTORE, HO TROVATO! QUI C'È IL FILO DELLA LUCE STRAPPATO.- LO RIPARO SUBITO!
IL BUIO HA AGEVOLATO LA FUGA DI DIABOLIK.
65

MALGRADO LE VOSTRE PRECAUZIONI QUEL CRIMI-NALE HA SCOPERTO CHE EVA KANT ERA QUI AL-LA VILLA.
GIA', SICURAMENTE HA SENTITO I NOSTRI DISCORSI STANDO NASCO-STO NEL PASSAGGIO SEGRETO.

ORA DOVRO' FARE IL TRA-SFERIMENTO CON UN IM-PONENTE SPIEGAMENTO DI FORZE E TUTTA LA STRADA DOVRA' ESSE-RE SOTTO CON-TROLLO DELLA POLIZIA.- DIA-BOLIK POTREBBE-BE ESSERE IN AGGUATO NEI DINTORNI.
66

DOPO QUANTO E' SUCCESSO EVA KANT SI DECIDERÀ A PARLARE.- HA AVUTO LA PROVA CHE DIABOLIK LA ODIA.- SI E' SALVATA PER MIRACOLO.
VI SBAGLIATE, NON SI E' SALVATA PER MIRACOLO.

DIABOLIK POTEVA STRANGOLARLA SENZA NEMMENO DARLE TEMPO DI URLARE, SE NON L'HA FATTO SIGNIFICA CHE **NON HA VOLUTO**.- FORSE IL SUO SCOPO ERA QUELLO DI SPAVENTARLA PER IMPEDIRLE DI SVELARE TUTTI I SEGRETI CHE CONOSCE.
67

QUELLA DONNA NON E' CERTO IL TIPO CHE SI LASCIA IMPAURIRE.- L'IMPORTANTE E' CHE ABBIA SAPUTO CHE IL SUO AMORE E' FINITO.- VEDRETE CHE ADESSO CROLLERA'.
SPERIAMO!

POCO DOPO...
MENO MALE, E' TORNATA LA LUCE!

ISPETTORE, EVA KANT HA RIPRESO I SENSI.
68

TE L'AVEVO DETTO CHE ORMAI SEI DIVENTATA UN PERICOLO PER DIABOLIK.

RICORDATI CHE SOLTANTO QUANDO LUI SARÀ ARRESTATO POTRAI ESSERE SICURA.
DIMMI SE GERMANO È ANCORA VIVO E DOV'È
69

BARONE DEBLANC, ADESSO È INUTILE FARLE DOMANDE, LA INTERROGHEREMO PIÙ TARDI.
VADO A TELEFONARE ALLA CENTRALE PER ORGANIZZARE IL TRASFERIMENTO.
ALL'ALBA...
È TUTTO PRONTO!- LA STRADA FINO A CLERVILLE È DISSEMINATA DI POLIZIOTTI IN BORGHESE.- POSSIAMO PARTIRE, VAI A PRENDERE EVA KANT.
AGLI ORDINI!
70

DIABOLIK E' NELL'IMPOSSIBILITA' DI ATTACCARE.- IL FURGONE E' D'ACCIAIO A PROVA DI BOMBA.- SOLO CON UN BAZOOKA POTREBBE FARLO SALTARE, MA IN QUESTO CASO GLI AGENTI DI GUARDIA DISLOCATI LUNGO IL PERCORSO LO VEDREBBERO.

CHIAMERO' IL CARCERE AVVISANDO CHE ARRIVEREMO FRA UN'ORA.

IL DIRETTORE ERA MOLTO PREOCCUPATO E HA CHIESTO L'AIUTO DI ALCUNI DEI MIEI UOMINI.
71

PRONTO, VORREI PARLARE COL SIGNOR LARSON, SONO L'ISPETTORE GINKO.
VE LO PASSO SUBITO.
GINKO, È SUCCESSO ANCORA QUALCOSA AD EVA KANT?
NO, È TUTTO A POSTO. - VOLEVO DIRVI CHE PARTIREMO FRA QUALCHE ISTANTE.
MOLTO BENE! D'ACCORDO CON I VOSTRI POLIZIOTTI ABBIAMO DECISO DI METTERE EVA KANT IN CELLA DI ISOLAMENTO.
72

I VOSTRI UOMINI SI OCCUPERANNO DELLA SORVEGLIANZA, MENTRE IL PERSONALE DELLA PRIGIONE NON SI AVVICINERÀ MAI ALLA CELLA.
IO STESSO STARÒ LONTANO DA EVA KANT!
NON VOLETE RESPONSABILITÀ, MA VI CAPISCO. - ARRIVEDERCI, LARSON.

ISPETTORE, NOI SIAMO PRONTI!
VENGO SUBITO!
GINKO, FATELA PARLARE PRESTO, SONO ANSIOSO DI SAPERE NOTIZIE DI MIO NIPOTE.
APPENA SAPRO' QUALCOSA, VI INFORMERO' IMMEDIATAMENTE.
ANDIAMO!
74

UN'ORA DOPO ARRIVA EVA KANT...

ENTRA, DOVRAI INDOSSARE LA DIVISA DEL CARCERE.

INCREDIBILE!- QUESTA VOLTA NON SIAMO QUI PER IMPEDIRE CHE DIABOLIK LIBERI EVA KANT, MA PER IMPEDIRE CHE LA UCCIDA!
GIÀ... AVREI IMMAGINATO TUTTO MENO CHE IL LORO AMORE DOVESSE FINIRE.

NON CHIUDETE!- DEVO ENTRARE AD INTERROGARLA.
76

PER TUTTO IL VIAGGIO NON TI HO FATTO NESSUNA DOMANDA, HO VOLUTO DARTI IL TEMPO DI RIFLETTERE. SPERO CHE TI SARAI PERSUASA CHE TI CONVIENE PARLARE.
DIMMI DOVE SONO I RIFUGI DI DIABOLIK.
ANDATE VIA!
RESISTE ANCORA...PROVERÒ A SUSCITARE IN LEI UNA CRISI DI GELOSIA SPERANDO DI INDURLA A VENDICARSI.
77

IL BARONE VITTORIO MI HA PARLATO MOLTO DI YAMA ... E' BELLA, MA QUELLO CHE AFFASCINA E' LA SUA SQUISITA DOLCEZZA E IL SUO CARATTERE REMISSIVO...

... E' UNA PICCOLA FRAGILE DONNA CHE ISPIRA TANTA TENEREZZA.- TU SEI FORTE E SAI LOTTARE, YAMA NO!- D'ORA INNANZI DIABOLIK DOVRA' COMBATTERE DA SOLO E LO SA PERFETTAMENTE...
78

... MA HA PREFERITO RINUNCIARE ALLA **COMPLICE** PER AVER ACCANTO UNA CREATURA SOAVE.
BASTA!
BASTA...
E' CROLLATA, ORA PARLERÀ.
79

AAHH!!!
HA UNA CRISI DI NERVI...
STO MALE... AIUTO...
80

OOHH...
CORRETE IN INFERMERIA A CHIAMARE IL MEDICO!
ISPETTORE, CHE E' SUCCESSO?
81

DATELA A ME, LA ADAGEREMO SUL LETTO.
FERMA!
IL PAGLIERICCIO E' PIENO DI AGHI!
82

DIABOLIK... L'HA AVVELENATA!
DOTTORE, STA MALE... RESPIRA A FATICA.
PRESTO, METTETELA SULLA BARELLA!
83

MALEDETTO CRIMINALE! È RIUSCITO A GIUNGERE FINO A QUESTA CELLA!
MA NON È POSSIBILE! NOI SIAMO QUI DA QUESTA NOTTE E NESSUN ESTRANEO SI È AVVICINATO.
84

DIABOLIK NON PUÒ ESSERE VENUTO PRIMA DEL NOSTRO ARRIVO PERCHE' ERA ALLA VILLA DEI DEBLANC E TENTAVA DI STRANGOLARE EVA KANT.
QUANDO VOI CI AVETE TELEFONATO IL FATTO ERA APPENA SUCCESSO E NOI SIAMO PARTITI SUBITO PER IL CARCERE.

DIABOLIK E' ENTRATO, SU QUESTO NON CI SONO DUBBI, MA **COME ABBIA FATTO E' UN MISTERO...** ALMENO PER ORA.
85

ISPETTORE, ABBIAMO DISFATTO IL MATERASSO.- LE PUNTE AVVELENATE ERANO RACCHIUSE IN SOTTILI CAPSULE CHE SI SONO APERTE PER MEZZO DI UN RADIO COMANDO.

C'ERA ANCHE UN MINUSCOLO MICROFONO, QUINDI DIABOLIK HA SENTITO IL VOSTRO INTERROGATORIO.- SICURAMENTE HA CAPITO CHE EVA KANT STAVA PER PARLARE E L'HA AVVELENATA.
86

HAI DETTO, UN **MINUSCOLO MI-CROFONO?...** MA ALLORA QUEL DELINQUENTE PER ASCOLTARE DOVEVA ESSERE NEL CARCERE! **E FORSE C'E' ANCORA!**

PRESTO, CORRIAMO IN INFERMERIA! - TENTERÀ DI IMPEDIRE AL MEDICO DI SALVARE EVA KANT!
87

MALEDIZIONE! SIAMO ARRIVATI TROP-PO TARDI!
EVA KANT E' SCOMPARSA!
ISPETTO-RE, QUE-STO INFER-MIERE SI STA RIPREN-DENDO.
88

OH... COME SONO STORDITO...
AVETE VISTO CHI VI HA COLPITO?
NO... MI HA PRESO ALLE SPALLE.
INTANTO...
DOVE SONO?...
89

MA QUESTO È IL RIFUGIO DI SERBURG! SOLO **LUI** PUÒ AVERMI PORTATO QUI...
AAAH!
NO!... NON UCCIDERMI!... NON HO DETTO NIENTE ALLA POLIZIA... NON TI TRADIRÒ MAI.
90

EVA, ASCOLTAMI... L'ALTRA NOTTE AL-LA VILLA...
HAI TENTATO DI STRAN-GOLARMI E ADESSO LO FA-RAI! - TU SEI INNA-MORATO DI YAMA E IO DEVO SPARIRE DALLA TUA VITA!
AAHH!!!
PENSAVI DI POTER SFUGGIRE A ME?... NON TI RICONOSCO PIU`...

È IL BACIO DELLA MORTE... NON VUOL SENTIRMI URLARE...

TREMI TUTTA, CERCA DI CÀLMARTI...
HO CAPITO... VUOI FARMI IMPAZZIRE. CONTINUERAI A SPAVENTARMI FINCHÈ LA MIA MENTE NON RAGIONERÀ PIÙ...
92

NON TI HO MAI SPAVENTATA, L'UOMO CHE HA TENTATO DI STRANGOLARTI **NON ERO IO!**
NON ERI TU?!... E ME LO DICI SOLTANTO ADESSO?
HO TENTATO DI DIRTELO, MA NON MI HAI LASCIATO PARLARE... SEI CORSA VERSO LA PORTA URLANDO...

NON SO ANCORA CHI SIA STATO, MA LO SCOPRIRO'!
PERCHE' SEI ANDATO VIA CON YAMA?- TI PIACEVA COSI' TANTO?...

NON FARE QUELLA FACCIA TRISTE, ORA TI RACCONTO TUTTO.

HO SENTITO UN RUMORE... C'E' QUALCUNO DIETRO ALLA PORTA.
94

YAMA!...
E` TERRIBILE! QUELLA DONNA E` QUI... ALLORA L'AMI VERAMENTE ...MI STAI TORMENTANDO SENZA PIETA`, SEI UN MOSTRO!
95

C'E' GAS VELENOSO IN QUELLA BOMBO-LA... **MI VUOI UC-CIDERE DAVANTI A LEI!**
BASTA EVA! - NON SAI QUELLO CHE DICI!

YAMA S'E' RISVEGLIATA PRIMA DEL PREVISTO, PER FORTUNA LA SUA MENTE E' ANCORA ANNEBBIATA DAL NARCO-TICO E NON E' RIUSCITA A FUGGIRE.
96

SCUSAMI... CAPISCO CHE YAMA E` STATA SOLTANTO UN CAPRICCIO, NON HAI SAPUTO RESISTERE AL SUO FASCINO...
LA DOLCE YAMA CHE ISPIRAVA TANTA TENEREZZA...
LA SERA DELLE NOZZE GUARDO` AMMIRATA I GIOIELLI E POI SI STRINSE A ME...
97

RICAMBIAI IL SUO BACIO MENTRE PRENDEVO DALLA TASCA LA FIALA DI SONNIFERO...

...MA NON NE EBBI IL TEMPO, QUALCUNO MI COLPI' CON ESTREMA VIOLENZA ALLA NUCA...

...PRIMA DI PERDERE I SENSI SENTII LA VOCE DI YAMA E DI UN UOMO...
BENE! E' CADUTO A TERRA SENZA NEMMENO UN GRIDO!
PRESTO, YAMA, PRENDI I GIOIELLI! IO PENSO AL BARONE.
98

QUANDO RIPRESI CONOSCENZA MI TROVAI IN UNA CANTINA.-LA LUCE DEL GIORNO FILTRAVA ATTRAVERSO IL FINESTRINO.
MALEDETTI! IL MIO COLPO E' FALLITO!
COME POTEVO IMMAGINARE CHE YAMA FOSSE UNA DELINQUENTE?
99

LA PORTA HA UNA VECCHIA SERRATURA... NON MI SARÀ DIFFICILE FORZARLA.
IN CANTINA TROVAI UN LUNGO CHIODO CHE MI FECE DA GRIMALDELLO E APRII LA PORTA.
C'È QUALCUNO IN CASA... SENTO DEI RUMORI.
100

YAMA, ACCENDI LA RADIO, SICURAMENTE PARLERANNO DELLA SCOMPARSA DEI DUE SPOSINI DEBLANC!
DATO CHE ABBIAMO PORTATO VIA GERMANO PENSERANNO A UNA FUGA ROMANTICA E NESSUNO AVVISERÀ LA POLIZIA!
SONO ANCORA QUI... ALLORA I GIOIELLI NON SONO PERDUTI!
AKITO, TI AMO! QUESTA NOTTE PASSEREMO IL CONFINE E NON AVREMO PIÙ NULLA DA TEMERE.
101

CI ASPETTA UNA VITA MERAVIGLIOSA, AVREMO TUTTO QUELLO CHE DESIDERIAMO!
AAHH!!!
AAHH!!!
102

I GIOIELLI DEVONO ESSERE IN QUESTA VALIGIA!

ECCOLI!

NOTIZIARIO. LA COMPLICE DI DIABOLIK E' STATA ARRESTATA.
103

ASCOLTAI ALLIBITO CHE ERO FUGGITO CON YAMA ABBANDONANDOTI PER SEMPRE... IMMAGINAI LA TUA DISPERAZIONE E PENSAI SOLO A LIBERARTI...
... MA L'ODIO VERSO YAMA E IL SUO AMICO ERA TROPPO FORTE E TORNAI INDIETRO...
CORSI VERSO L'AUTO DI AKITO CHE ERA FUORI DALLA CASA...
104

DANNATI!- SONO LORO LA CAUSA DELL'ARRESTO E DEL DOLORE DI EVA, E LEI DOVRÀ VENDICARSI!- LI PORTERÒ AL RIFUGIO.

MENTRE MI DIRIGEVO VERSO CLERVILLE FECI IL PIANO PER LIBERARTI.- RICORDAI CHE UNA SETTIMANA FA IL NOTO PREGIUDICATO GIULIO ROCK AVEVA FINITO DI SCONTARE LA PENA.- LA SUA FOTOGRAFIA ERA SU TUTTI I GIORNALI E FECI LA MASCHERA.
105

A MEZZOGIORNO ANDAI A CASA DEL DIRETTORE DEL CARCERE CHE MI RICEVETTE SUBITO... I DIRETTORI SONO SEMPRE MOLTO PREMUROSI CON GLI EX DETENUTI CHE VANNO DA LORO A CHIEDERE UN LAVORO.
NARCOTIZZAI LARSON E LO PORTAI IN SOLAIO.- LA SUA MASCHERA L'AVEVO GIÀ FATTA.
E SE IN PRIGIONE TI AVESSERO CONTROLLATO IL VOLTO?
106

INFATTI ME L'ASPETTAVO E AVEVO CON ME TANTE BOMBOLETTE DI GAS SUFFICIENTI AD ADDORMENTARE TUTTE LE GUARDIE CARCERARIE, INVECE ENTRAI NELL'EDIFICIO TRANQUILLAMENTE...

...E QUESTO MI MISE IN SOSPETTO.
NESSUNO HA CONTROLLATO LA MIA FACCIA...

ALLORA EVA **NON È QUI.**- LA POLIZIA HA ANNUNCIATO UN FALSO TRASFERIMENTO.
107

NON MI SBAGLIAVO!- TU SARESTI ARRIVATA DURANTE LA NOTTE E IO RIMASI IN UFFICIO AD ASPETTARE...
MA ALLE UNDICI IL TELEFONO SQUILLÒ...
DRIIIN!
PRONTO?... SÌ, SONO LARSON.
QUI PARLA GINKO!- DIABOLIK HA TENTATO DI STRANGOLARE EVA KANT!
108

È TERRIBILE! - EVA È IN PERICOLO E IO SONO QUI...
PRONTO, LARSON... MI SENTITE?
SÌ...
DOPO QUESTO FATTO HO DECISO DI FARE IL TRASPORTO CON UN IMPONENTE SPIEGAMENTO DI FORZE, VOI STATE CON GLI OCCHI BEN APERTI, DIABOLIK POTREBBE TENTARE DI ELIMINARLA IN PRIGIONE.
109

E' UNA RESPONSABILITA' TROPPO GRANDE PER ME, MANDATEMI SUBITO I VOSTRI UOMINI, LAVORERO' CON LORO.
D'ACCORDO!- AVVISO LA CENTRALE.

PRIMA DELL' ARRIVO DEI POLIZIOTTI ANDAI NELLA CELLA DI ISOLAMENTO E PREPARAI IL TRUCCO.- POI NON MI AVVICINAI PIU' ALLA CELLA E NESSUNO SOSPETTO' DI ME.- COME DIRETTORE MI FU FACILE RAGGIUNGERE L'INFERMERIA E PORTARTI VIA.
110

NATURALMENTE GINKO A QUEST'ORA AVRA' CAPITO TUTTO.
INFATTI...
ISPETTORE, I VOSTRI SOSPETTI ERANO FONDATI. - ABBIAMO TROVATO IL SIGNOR LARSON NARCOTIZZATO NEL SOLAIO DI CASA SUA.
QUESTA SOSTITUZIONE E' UN GRAN MISTERO... SE DIABOLIK ERA ALLA VILLA, COME POTEVA ESSERE ANCHE NELL'UFFICIO DEL CARCERE?
L'UOMO DELLA VILLA NON ERA DIABOLIK!
111

QUEL CRIMINALE AVEVA GIÀ PRESO IL POSTO DI LARSON E IO HO PARLATO CON **LUI**... SONO STATO PROPRIO IO A DIRGLI CHE DIABOLIK AVEVA TENTATO DI STRANGOLARE EVA KANT.
ORA MI SPIEGO IL SILENZIO CHE NE È SEGUITO...
LO CREDO BENE! - SARÀ RIMASTO SORPRESO NEL SAPERE CHE C'ERA UN ALTRO CHE VOLEVA UCCIDERE LA SUA COMPLICE.
SORPRESO O SPAVENTATO?
112

CHE INTENDETE DIRE? DUBITATE CHE DIABOLIK SI SIA INNAMORATO DI UN'ALTRA DONNA?
NON SO... C'E' QUALCOSA CHE NON MI CONVINCE.
ORA VADO ALLA VILLA DEBLANC, MI E' VENUTO UN SOSPETTO E DEVO APPURARLO.
PIU' TARDI...
BASTA GINKO, NON RESISTO PIU'! - E' UN'ORA CHE MI MARTELLATE DI DOMANDE... VI DIRO' LA VERITA', TANTO L'AVETE GIA' INTUITA...
113

L'UOMO CHE HA TENTATO DI STRANGOLARE EVA KANT E' UN ATLETICO CONTADINO CHE LAVORA NELLA MIA TENUTA.- SONO STATO IO A INDICARGLI IL PASSAGGIO SEGRETO.

VOI STESSO AVETE DETTO AD EVA KANT CHE DIABOLIK AVREBBE POTUTO UCCIDERLA E IO HO VOLUTO FARLE CREDERE CHE FOSSE VERO... SPERAVO CHE CROLLASSE E DICESSE DOVE SI TROVAVA GERMANO.
114

INTANTO EVA...
NO, CARO, YAMA E IL SUO AMICO NON DEVONO MORIRE.- LI LASCERAI ADDORMENTATI, NEI PRESSI DELLA POLIZIA, COSÌ VERRANNO ARRESTATI.- VOGLIO CHE TUTTI SAPPIANO CHE TU NON MI HAI MAI TRADITO!

MA QUEI DUE NON CONFESSERANNO CERTO LA LORO COLPA!
BEH... DOVRANNO PUR SPIEGARE COME SONO IN POSSESSO DEI GIOIELLI DELLA FAMIGLIA DEBLANC.
115

VUOI CHE RINUNCI A 800 MILIONI DI GIOIELLI?
SONO L'UNICA PROVA CONTRO DI LORO.
AMORE MIO, PER TE FAREI QUALUNQUE COSA!
116

AL MATTINO...
YAMA E AKITO HANNO CONFESSATO TUTTO, SEI CONTENTA?
SÌ, MA QUELLO CHE MI RENDE FELICE È LA FRASE CHE SCRIVE QUESTO GIORNALISTA...

...DIABOLIK È IL PIÙ GRANDE CRIMINALE DI TUTTI I TEMPI, MA ANCHE IL PIÙ GRANDE INNAMORATO!
È VERO!
117

INTANTO...
ISPETTORE, IN QUESTO MOMENTO UNA DELLE NOSTRE AUTO DI PATTUGLIA HA COMUNICATO, VIA RADIO, DI AVER TROVATO IL BARONE GERMANO.- ERA ALLA PERIFERIA DI CLERVILLE, ADDORMENTATO.

ME L'ASPETTAVO!- ORA IL CASO È DEFINITIVAMENTE CHIUSO!
FINE DELL' EPISODIO

IL GIALLO A FUMETTI
DIABOLIK
di A. e L. GIUSSANI
DISPERATO ADDIO
1

CARA, HO CONCLUSO IL MIO SOPRALLUOGO ALL'AEROPORTO!

L'AEREO PRIVATO DELLA COMPAGNIA DIAMANTIFERA ARRIVERA' DOMANI NELLE PRIME ORE DEL POMERIGGIO. E LE PREVISIONI DEL TEMPO ANNUNCIANO UNA COSTANTE PERTURBAZIONE CON MOLTA NUVOLOSITA'.
2

QUESTA NOTTE ANDREMO A PIAZZARE I RADIOCOMANDI E POI CI TRASFERIREMO SUL MONTE BLEK.
EVA, NON VIENI A VEDERE LA CARTA TOPOGRAFICA?
NON MI INTERESSA!
3

SONO STANCA DI QUESTA VITA. HO DECISO DI ANDARMENE.
TESORO, DEVI ESSERE ESAURITA. DOPO QUESTO COLPO CI PRENDEREMO UNA LUNGA VACANZA.
STO BENISSIMO E NON HO BISOGNO DI RIPOSO! **IO SONO STANCA DI TE!**
EVA... NON E' POSSIBILE... NON PUOI AVER CESSATO DI AMARMI...

FINO A IERI CI DESIDERAVAMO COME IL PRIMO GIORNO CHE CI SIAMO CONOSCIUTI.
DA QUAL-CHE TEMPO LA MIA ERA UNA FINZIONE.
COME?!
NON OSAVO DIRTELO. OGGI HO TROVATO IL CORAGGIO DI PARLARTENE...
AVEVI PAURA DI ME? EVA, VOGLIO SAPERE LA VERITÀ.

HO CONOSCIUTO UN UOMO CHE MI OFFRE UNA VITA TRANQUILLA E SERENA. SA CHI SONO E ANDRO' A VIVERE CON LUI DOPO AVER FATTO UNA PLASTICA FACCIALE.
CHI E'?!
NO! NON TE LO DIRO' MAI!
NON TEMERE! NON GLI FARO' NIENTE! VOGLIO SOLO ESSERE SICURO CHE NON CORRERAI PERICOLI!

CREDO DI AVER AB-BASTANZA CERVELLO PER POTER GIUDICA-RE DA SOLA
CAPISCO, NON VUOI DIRMI ALTRO!
GIÀ... DEVO PERÒ CHIEDER-TI UN FAVORE...
PER POTERMI ALLONTANA-RE DI QUI HO BISOGNO DI UNA MASCHERA. TI PRO-METTO CHE LA DISTRUG-GERÒ NON APPENA AVRÒ UN ALTRO VISO.
SCEGLI QUELLA CHE VUOI. PRENDI ANCHE UN'AUTO E I SOLDI CHE SONO IN CASSAFORTE. TI SPETTANO.
7

POCO DOPO...
IO VADO...
ADDIO!

NON VUOI NEPPURE DARMI LA MANO?

NO! NON ME LA SENTO DI SALUTARTI AMICHEVOLMENTE.
8

HAI FATTO LA TUA SCELTA E IO NON HO IL DIRITTO DI FERMARTI...
... MA NON PRETENDERE DA ME ANCHE GLI AUGURI.
CAPISCO!
ADDIO!
9

IL GIORNO DOPO...
C-REIL
C-REIL

FRA POCO DOVREMMO CAPTARE IL SEGNALE DEL RADIOFARO DI CLERVILLE.
MI CHIEDO COME FACESSERO I PILOTI 30 ANNI FA IN ASSENZA COMPLETA DI VISIBILITÀ: PER FORTUNA OGGI ESISTE IL VOLO STRUMENTALE.
10

INTANTO...
DRIIIN
DRIIIN
QUI TORRE DI CONTROLLO.

DIO MIO... AVVERTO SUBITO IL MARCONISTA!
IL RADIOFARO DI CLERVILLE E' STATO SABOTATO E NON FUNZIONA PIU'!
PRESTO! METTITI SULLA LUNGHEZZA D'ONDA DEL C-REIL! BISOGNA FARLO ATTERRARE A GHENF!
SUBITO!
12

TORRE DI CONTROLLO CHIAMA C-REIL!
CR-CR-CR-CR-CR-C
NON RIESCO A COMUNICARE! C'E' UNA INTERFERENZA SULLA LUNGHEZZA D'ONDA!
ECCO IL SEGNALE DEL RADIOFARO DI CLERVILLE.
ACCIDENTI, SIAMO ANDATI LEGGERMENTE FUORI ROTTA! DEVO CORREGGERLA!
13

CERTIL
CERTIL

INTANTO...
SIGNOR CAPITANO! I RADIOGONIOMETRI HANNO CAPTATO UN SEGNALE CHE HA TUTTE LE CARATTERISTICHE DELL'EMISSIONE DEL RADIOFARO DI CLERVILLE! MA PARTE DA MONTE BLEK!...
14

ALLORA ABBIAMO TELEFONATO ALLA TORRE DI CONTROLLO DI CLERVILLE E CI HANNO COMUNICATO CHE IL LORO RADIOFARO È STATO SABOTATO!
PRESTO! AVVERTI LA POLIZIA DEL PAESE PIU' VICINO A MONTE BLEK! DEVONO CORRERE A VEDERE DI CHE COSA SI TRATTA

TORRE DI CONTROLLO DI CLERVILLE CHIAMA C-REIL.
QUI, C-REIL! SIAMO IN ASCOLTO!
15

PREPARATEVI ALL'ATTER-RAGGIO!
RICEVUTO.
C-REIL
16

MI HANNO DETTO CHE A CLERVILLE E'STATO APERTO UN NUOVO NIGHT. QUESTA SERA VIENI CON ME A VEDERLO?
VOLENTIERI.

AHHH!
CABRA!
17

SCRASH
PERFETTO! NON SI E' INCENDIATO!
18

C-FAIL
C-FA

ORA FORZERÒ LE CASSETTE BLINDATE E METTERÒ I DIAMANTI NELLO ZAINO.
19

POCO DOPO...
SERGENTE! GUARDATE LÀ!
DANNAZIONE!
20

DIABOLIK!

PRESTO! INSEGUIAMOLO! SPAREREMO NON APPENA SARÀ A TIRO!
21

SAPEVO CHE AVREBBERO INDIVIDUATO SUBITO IL MIO RADIO-FARO.
OOO

UNO DI VOI SI FERMI A VEDERE SE CI SONO SUPERSTITI!
SERGENTE! DIABOLIK SI E' DIRETTO VERSO IL CANALONE!
22

SPROFONDERÀ NELLA NEVE E NON POTRÀ PIU' CORRE-RE!
23

TAC
TAC
IN UN QUARTO D'ORA SARO' ALLA MACCHINA!
24

MALEDETTO! AVEVA CON SE' DEGLI SCI!

IL GIORNO DOPO...
DIABOLIK AVEVA INSTALLATO SUL MONTE BLEK UN RADIOFARO CLANDESTINO CHE HA ATTIRATO IL C-REIL VERSO LA MONTAGNA.
25

IN PRECEDENZA AVEVA FATTO SALTARE CON UN TELECOMANDO IL RADIOFARO DI CLERVILLE.
COME MAI IL MARCONISTA NON E' RIUSCITO A METTERSI IN CONTATTO CON L'AEREO?

QUEL CRIMINALE AVEVA LASCIATO NELLE VICINANZE DELLA TORRE DI CONTROLLO UNA POTENTE TRASMITTENTE SINTONIZZATA SULLA LUNGHEZZA D'ONDA DEL C-REIL.
26

CON RUMORI DI DISTURBO HA IMPEDITO AL MARCONISTA DI COMUNICARE CON I PILOTI.

TIC
HA REAGITO AL DOLORE. CONTINUA LA SUA VITA.
27

BUON GIORNO, SIGNORA MULLER. POSSO FAR_ VI UN PO' DI COM- PAGNIA?
MA CERTO, ACCOMO- DATEVI SIGNORA VELTER.

SONO MOLTO CONTENTA D'AVER AFFITTATO LA STANZA DI MIA FIGLIA A UNA PERSONA COME VOI... E VORREI PARLARVI... PROPRIO COME AVREI FATTO CON MIA FIGLIA.
DITE PURE...
28

COSA AVETE, SIGNORA MULLER?
COME?!...
SEMBRATE SEMPRE SUL PUNTO DI PIANGERE...
CONFIDATEVI CARA... IO PER VOI SONO UNA ESTRANEA, MA FA SEMPRE BENE SFOGARSI... VORREI POTERVI AIUTARE...
29

HO SOLO TRE MESI DI VITA...

DIO MIO... NE SIETE SICURA?
SÌ... DA PAREC-CHIO TEMPO AVEVO FORTI DOLORI ALLO STO-MACO. DECISI DI ANDARE DA UN MEDICO... CHE MI FECE DELLE RADIOGRA-FIE.
30

QUANDO ANDAI A RITIRARLE...
CARA SIGNORA, ACCOMODATEVI.
HO GUARDATO LE LASTRE CHE VI HO FATTO IERI. AVETE UN' ULCERA PIUTTOSTO ESTESA...
DOVRO' ESSERE OPERATA ?
31

NON SO...VORREI TENTARE UNA NUOVA CURA...COMUNQUE PRIMA DI PRENDERE UNA DECISIONE DESIDERO PARLARE CON IL VOSTRO MEDICO CURANTE.
PERCHE`?
BEH...VI CONOSCE MEGLIO DI ME. VOGLIO SENTIRE ANCHE IL SUO PARERE...
MI STA MENTENDO...
32

IO NON HO MEDICO CURANTE!
AH!...
ALLORA VORREI RICOVERARVI IN OSPEDALE PER FARVI FARE UNA SERIE COMPLETA DI ANALISI...
DOTTORE, SE HO QUALCOSA DI GRAVE, VOGLIO SAPERLO.
E' LA PRIMA VOLTA CHE VEDO QUESTA DONNA... NON SO CHE REAZIONI AVREBBE SE LE DICESSI LA VERITÀ.
33

MA NO, CARA SIGNORA, NON VI STO NASCONDENDO NULLA, IL NUOVO FARMACO CHE VOGLIO USARE PER CURARVI HA QUALCHE CONTROINDICAZIONE E IO DEVO CONOSCERE IL VOSTRO FISICO PERFETTAMENTE.
CI PENSERÒ.
DOTTORE, GRAZIE DI TUTTO.
SIGNORA MULLER, VI ASPETTO!
34

ERO DECISA A SAPERE LA VERITA', PERCIO' TORNAI A CASA E CAMBIAI IL MIO VISO.
CAMBIASTE IL VISO?!

BEH... CON UNA PARRUCCA ROSSA E UN TRUCCO DIVERSO UNA DONNA RIESCE A TRASFORMARE LA FISIONOMIA TANTO DA NON FARSI RICONOSCERE...
E' VERO!
35

COSÌ TRAVESTITA MI RIPRESENTAI AL DOTTORE...
SONO LA SORELLA DELLA SIGNORA MULLER. E' STATA QUI DA VOI QUESTA MATTINA...
RICORDO PERFETTAMENTE. AVETE FATTO BENE A VENIRE SUBITO DA ME. DOVETE CONVINCERE VOSTRA SORELLA A FARSI RICOVERARE IMMEDIATAMENTE.
E' MOLTO GRAVE?
36

GRAVISSIMA..., HA UN TUMORE ALLO STOMACO. LA CURA CHE VOGLIO FARLE NON LA GUARIRÀ, MA LE ATTENUERÀ ALMENO I DOLORI.
QUANTO TEMPO LE RIMANE DA VIVERE?
NON PIÙ DI TRE MESI...
DIO MIO...
37

QUANDO USCII DALLO STUDIO DEL DOTTORE ERO SCONVOLTA. INOLTRE ERO ANGOSCIATA ALL'IDEA DI DIRLO ALL'UOMO CHE AMO E CHE MI ADORA...
VAGAI PER LA CITTÀ FINCHÈ MI TROVAI NEL PARCO...
NON POSSO DIRGLIELO... SAREBBE FINITO...
38

MI RIMPIANGEREBBE SEMPRE... INVECE IO VOGLIO CHE SI RIFACCIA AL PIU' PRESTO UNA VITA... PER OTTENERE QUESTO DEVO FARMI ODIARE...

E COSA GLI AVETE DETTO?
CHE ME NE ANDAVO PERCHE' AVEVO TROVATO UN ALTRO AMORE.
39

SECONDO ME AVETE FATTO MOLTO MALE. E' STATO INGIUSTO FERIRE UN UOMO CHE VI HA DATO TUTTO SE STESSO.
SAREBBERO STATI TRE MESI DI SOFFE-RENZA PER ENTRAMBI.
CREDETE PROPRIO CHE ADESSO LUI NON SOFFRA?
FORSE, MA CON RAB-BIA... ERA FURIOSO QUANDO ME NE SO-NO ANDATA E LA SUA COL-LERA CONTINUA...
40

IO RESTO SEMPRE DELL'OPINIONE CHE AVESSE IL DIRITTO DI VIVERE ACCANTO A VOI FINO AL-L'ULTIMO.
PER IMPAZZIRE DI DOLORE?
PENSATECI BENE, SIGNORA MULLER.
L'HO GIA' FATTO.
COME VOLETE. VI PORTO UNA TAZZA DI TE'?
GRAZIE.
41

UNA SETTIMANA DOPO...
ECCO DIRETTORE, QUESTO E' IL VAGONE SPECIALE CON IL QUALE FAREMO I TRASPORTI DI GRANDE VALORE.
42

DAVANTI C'E' LA CABINA DI GUIDA, NEL MEZZO IL REPARTO BLINDATO AL QUALE SI PUO' ACCEDERE SOLO DA UN PORTELLO SUL TETTO.

...IN CODA UN PICCOLO SCOMPARTIMENTO PER LA SCORTA.
MA QUALI GARANZIE DA' UN PORTELLO SUL TETTO, ANZICHE' SU UN FIANCO?
43

SE IL TRENO SPECIALE FOSSE COSTRETTO A FERMARSI IN QUALCHE STAZIONE SAREBBE IMPOSSIBILE AVVICINARSI SENZA ESSERE NOTATI.
MA QUALCUNO POTREBBE RAGGIUNGERE IL TETTO, SALTANDO, PER ESEMPIO, DA UN PONTE.
SI AMMAZZEREBBE. IL TRENO CORRE A 150 ALL'ORA.
ECCO! STANNO ARRIVANDO GLI AGENTI CON I VOSTRI PREZIOSI.
44

POSSIAMO CARICARE?
CERTO, SERGENTE.
45

POCO DOPO...
IL PORTELLO E' SIGILLATO. SIAMO PRONTI A PARTIRE.
SALITE E METTETE-VI SUBITO LE MA-SCHERE ANTIGAS.
D'ACCORDO.
ANDIAMO, RAGAZZI.

ANCHE IL MACCHI-
NISTA FA PARTE DEL
CORPO DI POLIZIA.

A DIECI CHILOMETRI DA CLERVILLE...
ACCIDENTI! IL DISCO E' ROSSO!
RAGAZZI! C'E' UNA FERMATA IMPREVI-STA! TENETEVI PRONTI. NON SI SA MAI.
48

SCREEEEK

49

ZZZZZZZZ
BONG
DANNAZIONE! E' INCREDIBILE!
50

E' UN POTENTISSIMO ELETTROMAGNETE!

IO TENTO DI SALIRE IN CABINA!
51

BANG
AH! LA SPALLA!
METTETEVI AL RIPARO E CHIAMATE RINFORZI!
52

SPARATE! TENETELI IMPEGNATI! DOBBIAMO EVITARE CHE RIESCANO A METTERE IL TRENO SU QUEL CAMION E AD ALLONTANARSI!

RATATATAT!
RATAT TAT
53

INTANTO...

DEVE ESSERE UNA GROSSA BANDA! IL SERGENTE DICE CHE SONO ASSERRAGLIATI IN CABINA E CHE SPARANO ALL'IMPAZZATA! I NOSTRI RISPONDONO AL FUOCO, MA SI TENGONO BEN NASCOSTI!
54

POCO FA UNO DEGLI AGENTI HA TENTATO DI RAGGIUNGERE IL CAMION PER PORTARLO VIA ED E' STATO UCCISO.
SCREEEEK
TU PORTA VIA L'AUTOCARRO! DI QUI PUOI SALIRE SENZA PERICOLO DI ESSERE COLPITO!
55

WROOOM
RA
ATATAT
BUTTATEVI A TERRA !
56

SIGNOR TENENTE, NON RIESCO A VEDERLI! SONO BEN NASCOSTI!
L'AUTOCARRO E' ORMAI LONTANO! DEVONO ARRENDERSI!

GETTATE LE ARMI! IL COLPO E' FALLITO! E NON AVETE PIU' VIA DI SCAMPO!
57

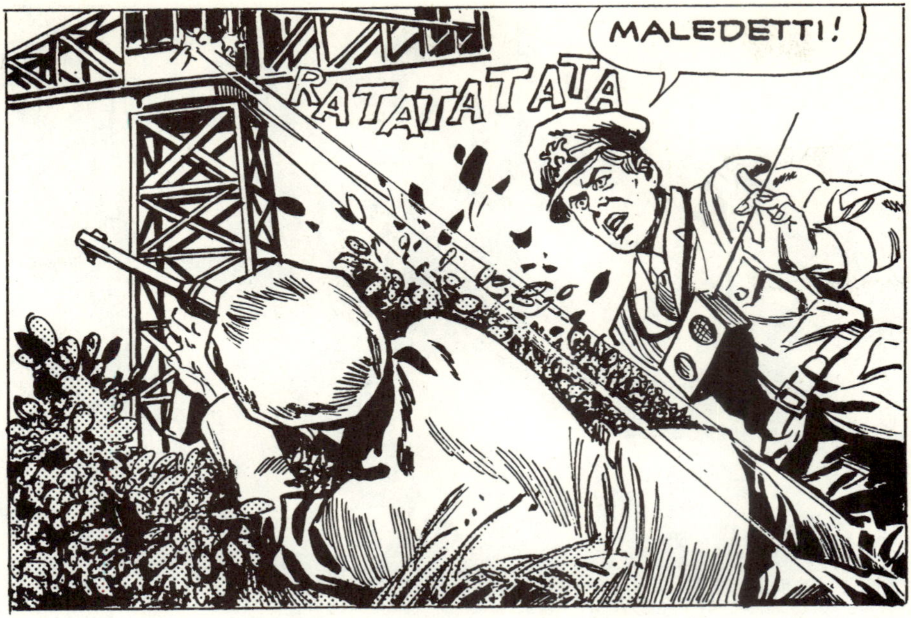
MALEDETTI!
RATATATATATA

PIU' TARDI...
E' PIU' DI UN QUARTO D'ORA CHE NON SPARANO... IO TENTO DI SALIRE! COPRITEMI!
58

RATATATATAT
RATATATATATA

CE L'HO FATTA!
59

DANNAZIONE! NON C'E' NESSUNO.
RAGAZZI! I MITRA ERANO TUTTI RADIOCOMANDATI!
DIO MIO... QUESTI TRUCCHI POSSONO ESSERE SOLO DI DIABOLIK!
60

SIGNOR TENENTE, COME FACEVA A VEDERCI?
SICURAMENTE ERA NASCOSTO DA QUALCHE PARTE E CI PRENDEVA DI MIRA GUARDANDO ATTRAVERSO DELLE TELECAMERE!
MA QUESTA VOLTA DIABOLIK HA FALLITO IL COLPO!
PRESTO! DOBBIAMO FAR PARTIRE IL TRENO PRIMA CHE QUEL CRIMINALE SI RIORGANIZZI.

ZZZZZZZZZ

TAC

PERFETTO! I SIGILLI DEL PORTELLO NON SI SONO SPACCATI!
62

VOI DUE RIMARRETE QUI. FRA POCO ARRIVERANNO GLI UOMINI PER RIMUOVERE LA GRU.
SERGENTE, VOI RIENTRERETE A CLERVILLE CON LA LETTIGA.
NOI TUTTI SCORTEREMO IL TRENO. MACCHINISTA, PARTIAMO SUBITO. IO SALIRO' IN CABINA GUIDA CON VOI.
D'ACCORDO, SIGNOR TENENTE.
63

UN'ORA DOPO ALLA STAZIONE DI GHENF...

DA CLERVILLE MI HANNO AVVERTITO CHE SIETE STATI ATTACCATI DA DIABOLIK.
GIÀ, MA LA PRONTEZZA DEI NOSTRI AGENTI QUESTA VOLTA È RIUSCITA A BLOCCARLO.
64

SIGNOR TENENTE!
COSA C'E'?
65

I GIOIELLI SONO SPA-RITI! DIABOLIK E' RIUSCITO A RUBARLI!
NON E' POSSIBILE
MALEDIZIONE! COME AVRA' FATTO?!
66

PRESTO! TELEFONATE ALLA CENTRALE DI CLERVILLE! DEVONO ANDARE SUBITO ALLA GRU!

POCO DOPO, INFATTI...
67

DIABOLIK HA UCCISO I DUE POLIZIOTTI DI GUARDIA E GLI OPERAI DEL CARRO ATTREZZI.
SALI IN CABINA. CALA L'ELETTROMAGNETE!
QUEL CRIMINALE ERA NASCOSTO LÀ DENTRO!
68

COME MAI I SUOI CONGEGNI NON SI SONO MAGNETIZZATI?
L'ABITACOLO AVRÀ SICURAMENTE UN RIVESTIMENTO PROTETTIVO.

DIABOLIK HA FATTO SCENDERE LA POTENTE CALAMITA ESATTAMENTE SOPRA IL PORTELLO DEL TRENO. ALL'ESTERNO AVEVA ORGANIZZATO UNA MESSINSCENA PER CUI GLI AGENTI HANNO CREDUTO CHE VOLESSE PORTAR VIA IL VAGONE CARICANDOLO SU UN CAMION.
69

CON I MITRA RADIOCOMANDATI HA IMPEDITO CHE GLI UOMINI SALISSERO IN CABINA. AVREBBERO SENTITO IL RUMORE CHE LUI FACEVA NELL'APRIRE LA BOTOLA DELL'ELETTROMAGNETE E QUELLA DEL VAGONE

ECCO IL TELEVISORE. DA QUI POTEVA SEGUIRE OGNI MOVIMENTO E PRENDERE DI MIRA I POLIZIOTTI. HA SMESSO DI SPARARE SOLO DOPO AVER RIMESSO I SIGILLI E ESSERE RIENTRATO NEL SUO ABITACOLO.
70

QUANDO HA VISTO CHE IL TRENO SI ALLONTANAVA HA AGGREDITO I DUE AGENTI CHE ERANO RIMASTI DI GUARDIA NEL FRATTEMPO SONO ARRIVATI GLI OPERAI CON IL CARRO ATTREZZI... E HA UCCISO ANCHE LORO!
ERANO DISARMATI.. NON AVREBBERO POTUTO FARGLI NULLA.
E' STATO CRUDELE PIU' DEL SOLITO... SEMBRA QUASI CHE ABBIA SFOGATO UN ODIO CHE AVEVA IN SE'.
71

IL GIORNO DOPO...
IL COMPORTAMENTO FEROCE DI DIABOLIK HA SGOMENTATO TUTTA LA CITTA'!

SI E' SCATENATO.
72

HO CAPITO... OGNI VOLTA CHE COLPISCE UNO DI QUEGLI AGENTI È COME SE COLPISSE L'UOMO CHE CREDE SIA CON ME.
ORGANIZZERÀ RAPINE SEMPRE PIÙ TERRIBILI E PERICOLOSE, DEVO FERMARLO.
DRIIIN
DRIIIIN

DRIIIN DRIIIN
NON C'E'...
74

O FORSE NON MI RISPONDE...
MI ODIA... LO SENTO...
DI CHE COSA MI LAMENTO? NON ERA QUELLO CHE VOLEVO?
75

QUALCHE GIORNO DOPO...
E' TERRIBILE, LA VITA SENZA EVA NON HA PIU' SENSO...
OGNI COSA MI PARLA DI LEI...
76

... E QUANDO ANDAVO A COMPERARE I GIORNALI E TORNAVO A CASA, LA TROVAVO SOTTO QUESTO SALICE AD ASPETTARMI...

LEGGEVAMO INSIEME E COMMENTAVAMO GLI AVVENIMENTI DEL GIORNO. RIDEVAMO, O LITIGAVAMO... E SEMPRE TUTTO FINIVA CON UN BACIO...
77

MA LEI MENTIVA!
NON DEVO PENSARCI. DEVO ACCETTARE LA MIA NUOVA SITUAZIONE.
"I PIÙ PREZIOSI GIOIELLI DELL'ANTIQUARIATO DI CLERVILLE ESPOSTI AL MUSEO CITTADINO PER TRE GIORNI..."
78

GINKO STA TENDENDOMI UN TRANELLO.
EVA E IO AVEVAMO MESSO A PUNTO UNA FUGA PROPRIO IN CASO DI UNA TRAPPOLA.
SE LEI FOSSE ANCORA CON ME POTREMMO TENTARE...
79

COS'HAI? SEMBRI MOLTO TRISTE...
DANNAZIONE! E QUESTA DA DOVE SBUCA?

NON DEVO FARMI VEDERE IN FACCIA.
LASCIAMI IN PACE! VATTENE DA CASA MIA!
80

HAI L'ARIA DISPERATA... E' SUCCESSO QUALCOSA A EVA KANT?

NO... NON GUARDARMI IN QUEL MODO... NON HO CHIAMATO NESSUNO!
81

SONO SOLA. HO PIANTATO LA MIA TENDA NEL BOSCHETTO E MI SONO AVVICINATA ALLA SIEPE PER CURIOSARE.
STAVO SBIRCIANDO ATTRAVERSO LE FOGLIE QUANDO TI HO VISTO USCIRE...
CHE TI E' ACCADUTO? ANCHE A UN UOMO COME TE PUO' FAR BENE SFOGARSI...
EVA MI HA LASCIATO.
82

ERA STANCA DELLA VITA CHE ERA COSTRETTA A FARE CON ME. HA TROVATO UN UOMO IN GRADO DI DARLE UN'ESISTENZA TRANQUILLA.
SE NON ME LO AVESSI DETTO TU, NON LO AVREI MAI CREDUTO.
HA UNA BOCCA MERAVIGLIOSA.
83

COSA POSSO FARE PER TE?
COME TI CHIAMI?
SILVIA!
84

SILVIA, PER ORA NESSUNA DONNA PUO' SOSTITUIRE EVA!
LO SO...
PERO' SE TU AVESSI BISOGNO DI QUALCUNO PER UN COLPO, POTREI ANCHE AIUTARTI...
COSA TI FA PENSARE CHE IO ABBIA INTENZIONE DI FARE UN COLPO?
85

IL GIORNALE E' APERTO SU UN TITOLO MOLTO SIGNIFICATIVO.
HAI UN GRANDE INTUITO...

E' UNA RAGAZZA INTELLIGENTE E ANCHE FREDDA. MI HA VISTO, MI HA RICONOSCIUTO E NON E' CORSA A CHIAMARE AIUTO. FORSE E' VERAMENTE IN GRADO DI DARMI UNA MANO.
86

A COSA PENSI?
VIENI, ENTRIAMO IN CASA.
COME?! MI MOSTRI UN TUO RIFUGIO?
SE DIVENTERAI LA MIA COMPLICE POTRAI VEDERLI TUTTI... SE INVECE TE NE VORRAI ANDARE, DOVRO' COMUNQUE ABBANDONARE QUESTA CASA.
87

...TANTO VALE QUINDI CHE TU LA VEDA.
DRIIN
DRIIN
NON RISPONDI?
DRIIN
DRIIN
NESSUNO CONOSCE QUESTO NUMERO. PUO' ESSERE SOLO UN ERRORE.

E' EVA. HA CAPITO CHE GINKO MI STA TENDENDO UNA TRAPPOLA. VORRA' AVVERTIRMI...
DRIIN
DRIIN
MA ORMAI NON HA PIU' IL DIRITTO DI INTERFERIRE NELLE MIE DECISIONI.
BRINDIAMO ALLA NOSTRA AMICIZIA!
DRIIN
DRIIN
89

NON MI RISPON-DE... DIO MIO... STA PREPARAN-DO IL COLPO AL MUSEO... NE SONO SICURA ...LO SENTO...
MA NON PUO' FARCELA DA SOLO... PER LA FUGA CON-TAVA SU DI ME...
LO PRENDE-RANNO!
90

HAI LA STESSA CORPORATURA DI EVA. SERVITI LIBERAMENTE DEL SUO GUARDAROBA!
TI SPIEGHERÒ COSA DOVRAI FARE E TU DECIDERAI SE ACCETTARE O ANDARTENE.
NON ME NE ANDRÒ. DIVENTERÒ LA COMPLICE DI DIABOLIK.
91

DUE NOTTI DOPO...
SILVIA, METTITI QUESTA MASCHERA.
PERCHE'?
MEGLIO CHE IL TUO VERO VOLTO NON SI VEDA MAI.
92

IN BOCCA AL LUPO.
COSA C'E'? HAI PAURA?
TI ABBRACCIO PERCHE' SONO INNAMORATA DI TE... SO CHE PER ORA E' ASSURDO... MA E' PIU' FORTE DI ME...
CARA, ORA DOBBIAMO ANDARE.
93

ATTENTA, SILVIA, UN TUO ERRORE PUO' ESSERMI FATALE.
NON TEMERE.
VAI!
WROOOM
94

POCO DOPO AL MUSEO...
95

... STATE FERMI... LASCIATELO VENIRE PIU' AVANTI...
ECCO, E' VICINO ALLA PORTA...
... E' IL MOMENTO... VIA...
96

IN ALTO LE MANI, DIABÓLIK!
WROOM
97

DANNAZIONE! E'UN UOMO DROGATO!
PARLA GINKO! METTETE IN ATTO IL PIANO D'EMERGENZA!
LE PATTUGLIE 12,22,31,45,48, SI DIRIGANO QUI VERSO IL CENTRO! QUELLE DISLOCATE NEI PAESI LIMITROFI STRINGANO IL CERCHIO E BLOCCHINO LE STRADE CHE PORTANO FUORI CITTÀ.
ANDIAMO!
98

MA ISPETTORE, CHISSÀ DOV'È QUEL CRIMINALE...
QUESTO POVERETTO HA UNA RICEVENTE SUL PETTO! DIABOLIK DOVEVA VEDERLO PER IMPARTIRGLI GLI ORDINI, QUINDI NON PUÒ ESSERE LONTANO!

INTANTO...
99

SILVIA, ERA DAVVERO UNA TRAPPOLA! STO FUGGENDO!
PREPARATI SUL CAMION!
D'ACCORDO
UUUUUrrrrrr
100

QUANTI AGENTI! E AVEVANO TUTTI IL MITRA!

STANNO BLOCCANDO TUTTE LE STRADE! DIABOLIK NON CE LA FARÀ MAI E PRENDE-RANNO ANCHE ME.
UUUUUUUUUUUU
DIO MIO... HO PAURA!
PERÒ GLI AVEVO PROMES-SO DI AIUTAR-LO...
102

QUI, PATTUGLIA 22! ISPETTORE, DIABOLIK STA FACENDO UNA GIMCANA IN TUTTA LA CITTÀ! RIESCE SEMPRE A SFUGGIRE!
ISPETTORE! QUI PATTUGLIA 58!

DIABOLIK HA SFONDATO UN POSTO DI BLOCCO! HA TRAVOLTO GLI AGENTI E CON LA SUA MACCHINA CORAZZATA HA BUTTATO FUORI STRADA UNA DELLE NOSTRE!
103

ORA E' IN FUGA SULLA PROVINCIALE 14! QUEL MALEDETTO RIESCE A LASCIARE LA CITTA'!
A TUTTE LE PATTUGLIE! CONVERGETE SULLA PROVINCIALE!
SKRIIIII
POCO DOPO...
ECCOLO LAGGIU'!
104

SILVIA, STO ARRIVANDO! METTI IN MOTO IL CAMION E AVVIATI VERSO LA CAMPAGNA! NON APPENA MI VEDRAI PASSARE SCHIACCIA IL PULSANTE CHE TI HO INDICATO!
D'ACCORDO

SILVIA! ACCELERA!
105

ISPETTORE! RALLENTATE! QUEL RIMORCHIO SBANDA!
SCREEEK
SCREEEK
SBANG
106

SKREEEK
SKREEEK
SKREEEK
MALEDETTO DIABOLIK! COL TRUCCO DEL RIMORCHIO HA BLOCCATO TRE STRADE!

107

BRAVA SILVIA, SEI STATA VERAMENTE IN GAMBA. EVA NON AVREBBE FATTO MEGLIO!

WROOOM

PIÙ TARDI...
NON HAI APERTO BOCCA PER TUTTO IL TRAGITTO!
108

SILVIA, SE HAI AVUTO PAURA E NON VUOI PIU' AIUTARMI, TI POSSO CAPIRE. SEI MOLTO GIOVANE ED E' LOGICO CHE TU NON ABBIA LA FREDDEZZA NECESSARIA.
SEI LIBERA DI ANDAR VIA QUANDO VUOI...
MA IO VOGLIO RESTARE ACCANTO A TE. TI AMO.
109

EVA!
COSA HAI FATTO A SILVIA?
NULLA! E'STATA BEN CONTENTA DI FUGGIRE!
"AVEVO CAPITO CHE GINKO TI AVEVA TESO UNA TRAPPOLA. ANDAI A VEDERE SE AVEVI MESSO IN ATTO IL PIANO DI FUGA CHE AVEVAMO STUDIATO ASSIEME..."
IL CAMION E' QUI E DIETRO C'E' LA MACCHINA. SI E' TROVATO UN COMPLICE...

UUUUUUUUUU
E' UNA DONNA...
UUUUUUUUUU
DIO MIO, MA QUELLA RAGAZZA E' TERRORIZZATA... E POTREBBE COMBINARE QUALCHE GUAIO...
111

EVA KANT!
COSA FATE?!
TENETE LA MASCHERA... SALVATELO VOI, VI PREGO... SOLO **VOI** POTETE ESSERE LA SUA DONNA E LA SUA COMPLICE.
112

EVA, PERCHE' SEI TORNATA?
NON HO MAI CESSATO DI AMARTI.
LA NUOVA VITA TI ANNOIA?!..
NO, NON ESSERE CATTIVO...ANDIAMO IN CASA...TI DIRO' LA VERITA'.
113

PIU' TARDI...
AMORE, AIUTAMI A MORIRE!
INVECE TENTERO' DI SALVARTI.
A KOLNER C'E' UN PROFESSORE DI FAMA MONDIALE. TI PORTERO' DA LUI...
114

SE RITERRÀ OPPORTUNO OPERARTI LO RAPIRÒ CON TUTTI I SUOI COLLABORATORI E IN UN RIFUGIO IMPIANTERÒ UNA SALA OPERATORIA.
TESORO... SARÀ TUTTO INUTILE...

EVA, IO NON MI RASSEGNO A PERDERTI SENZA TENTARE IL TUTTO PER TUTTO.
115

QUALCHE GIORNO DOPO...
MI STANNO PORTANDO LE RADIOGRAFIE CHE VI HANNO FATTO QUESTA MATTINA.
ECCOLE, PROFES-SORE.
MA SIGNORA... VOI AVETE SOLO UNA BANALE GASTRITE...
116

MA COME HANNO POTUTO PRENDERE UNA SIMILE CANTONATA?!
LA SPIEGAZIONE PUO' ESSERE UNA SOLA: C'E' STATO UNO SCAMBIO DI LASTRE.
VI ASSICURO CHE OSSERVANDO UNA DIETA PER ALCUNI MESI, GUARIRETE PERFETTAMENTE.
MA VOI NON MI STATE ASCOLTANDO!

POCO DOPO...
MI SENTO COME AVESSI 18 ANNI.
IO MOLTO MENO. SONO NATA POCHI MINUTI FA.
OH, CHE TEMPI!
FINE

IL GIALLO A FUMETTI
DIABOLIK
di A. e L. GIUSSANI
UN'ALTRA DONNA...

VERONICA, QUAL BUON VENTO TI PORTA?

GIORGIO! SONO NEI GUAI!
2

COSA TI E' SUCCESSO?

MIO PADRE HA DECISO DI VENDERE IL SUO SME-RALDO!
hahn
3

HO CAPITO! SI ACCORGERÀ CHE È FALSO!
A QUESTO PUNTO NON TI RIMANE CHE DIRE LA VERITÀ A TUO PADRE!
SEI PAZZO?
4

SE GLI DICO CHE L'HO IMPEGNATO PER PAGARE I MIEI DEBITI DI GIOCO, MI BUTTA FUORI DI CASA E MI DISEREDA!
NON TI RESTA CHE TENTARE LA FORTUNA! POTRESTI VINCERE DUECENTO MILIONI! SOLO COSÌ POTRAI RISCATTARE LO SMERALDO DA QUELLO STROZZINO DI WINKLE...
GIORGIO, NON È IL MOMENTO DI SCHERZARE!
5

ALLORA, CARA VERONICA, NON SO PROPRIO COSA DIRTI.
ASCOLTA, IL COMPRATORE E' UNO STRANIERO E ARRIVERÀ A GHENF FRA UN MESE.
ABBIAMO UN PO' DI TEMPO PER TROVARE UNA SOLUZIONE!
6

LA NOTTE SEGUENTE...
7

UUUUUU
UUUUUUUUU
L'ALLARME!
QUALCUNO E' ENTRATO NEL GIARDINO!
8

DIABOLIK!
9

IL GIORNO DOPO...
QUESTA NOTTE DIABOLIK HA TENTATO DI INTRODURSI NELLA CASA DEL SIGNOR PIERO KURMAN...

... MA IL SUONO DELL'ALLARME HA COSTRETTO IL CRIMINALE A DARSI ALLA FUGA...
IO?!
MA SE NON MI SONO MOSSO DI QUI!
10

MANDIAMO IN ONDA L'INTERVISTA CHE ABBIAMO FATTO AL SIGNOR KURMAN ALLA SUA USCITA DALLA CENTRALE DI POLIZIA.
COSA CERCAVA DIABOLIK IN CASA VOSTRA?
SICURAMENTE VOLEVA RUBARE IL MIO SMERALDO... E' UNA MAGNIFICA PIETRA DEL VALORE DI OLTRE UN MILIARDO.
E' UNA NOTIZIA MOLTO INTERESSANTE!
11

MA LA MIA CASA E' COMPLETAMENTE PROTETTA DA ALLARMI. NESSUN LADRO PUO' ENTRARE, E COME SI E' VISTO, NEMMENO DIABOLIK.
QUESTO E' ANCORA DA VEDERE!
HO SAPUTO CHE FRA QUALCHE GIORNO DARETE UNA FESTA PER IL VOSTRO COMPLEANNO...
12

...NON AVETE PAURA CHE QUEL CRIMINALE PRENDA IL POSTO DI UN VOSTRO INVITATO? POTREBBE RITENTARE IL COLPO.
HO GIÀ PENSATO ANCHE A QUESTO.

POLIZIOTTI PRIVATI CONTROL-LERANNO IL VOLTO DI TUTTI QUELLI CHE ENTRERANNO.
13

QUESTA E' UNA MISURA DI SICUREZZA CHE HO PRESO PER I MIEI PARENTI. SARANNO MIEI OSPITI E NON VOGLIO CHE TEMANO DI ESSERE DERUBATI DEI LORO GIOIELLI.
VI RINGRAZIO, SIGNOR KURMAN.
PREGO.
QUINDI OLTRE ALLO SMERALDO CI SARANNO ANCHE I GIOIELLI DEI FAMILIARI.
TAC
14

NON AVRAI INTENZIONE DI FARE IL COLPO ?! NON HAI SENTITO QUELLO CHE HA DETTO KURMAN ?
CREDONO TUTTI DI AVERE DISPOSITIVI D'ALLARME INSORMONTABILI !
MA C'E' ANCHE IL CONTROLLO DEL VOLTO !
EVA, PRIMA DI RINUNCIARE, VOGLIO STUDIARE LA SITUAZIONE !
15

LA NOTTE STESSA...
ACCIDENTI! LA RETE D'ALLARME FORMA UNA CAMPANA CHE RICOPRE TUTTA LA PROPRIETÀ...
...È ASSOLUTAMENTE IMPOSSIBILE ARRIVARE DALL'ALTO!
ANCHE DAL BASSO!... GUARDA QUEL TOMBINO SUL FIANCO SINISTRO DELLA CASA.
16

HAI RAGIONE! E' TUTTO PROTETTO DA RAGGI INFRA-ROSSI COLLEGA-TI A FOTOCEL-LULE.
NON POTRAI MAI ENTRARE!
DI NOTTE NO, MA DI GIORNO GLI ALLARMI NON SONO IN FUN-ZIONE. FORSE C'E' UNA POSSIBI-LITA'...
17

LA NOTTE SEGUENTE...
ECCO! CON IL LASER HO CORROSO IL CEMENTO SOTTO IL TOMBINO. PROVA A VEDERE SE LA LASTRA VIENE GIÙ.
SÌ! SCENDE!
18

PERFETTO! C'E' ABBASTANZA SPAZIO PER PASSARE FRA LA SPRANGA E IL BORDO DEL TOMBINO!
ADESSO RICHIUDIAMO!
19

NON FACCIAMO I BUCHI NELLA LASTRA PER IL PERISCOPIO E IL MICROFONO DIREZIONALE?
NO, NON ADESSO...
20

...NON VORREI CHE QUALCUNO PASSEGGIANDO PER IL GIAR-DINO LI VEDESSE... LI FAREMO ALL'ULTIMO MOMENTO, TANTO E' UNA COSA DA NULLA.

ORA ANDIA-MOCENE VIA ...TORNERE-MO QUI IL GIORNO DELLA FESTA.
21

TRE GIORNI DOPO...

IL SIGNOR KURMAN E SUA FIGLIA SONO USCITI ?
SI', SIGNOR MASSIMO. SONO ANDATI IN CITTA' CON I LORO PARENTI.
22

ESCO ANCH'IO. SARO' DI RITORNO VERSO LE OTTO.
VA BENE... TANTO LA FESTA NON COMINCERA' PRIMA DELLE NOVE.
23

WROOM
WROOM
24

WROOM
IL SEGRETARIO E' USCITO.
NON C'E' NESSUNO IN GIARDINO?
25

NO, LA VIA E' LIBERA.
PRESTO, ALLORA.

E SE INCONTRI IL MAGGIORDOMO CHE HA VISTO USCIRE MASSIMO?
GLI DIRO' CHE HO DIMENTICATO QUALCOSA.
26

NON PREOCCUPARTI, EVA. ANDRÀ TUTTO BENE.
27

EVA, CHIUDI!
28

PERFETTO! NELL'ATRIO NON C'E' NESSUNO!
ORA CHE SONO IN CASA NON CORRO PIU' RISCHI. CONTROL- LANO I VISI QUAN- DO QUALCUNO ENTRA E NON QUANDO ESCE.
PRESTO! LA CAMERA DI MASSIMO HENDER E' AL PRIMO PIANO.
29

DUE ORE DOPO...
CONTROLLO IO IL VOLTO AL SIGNOR HENDER.
SCREEEK

30

VA BENE. POTETE ENTRARE.
WROOM
31

SCREEEK
SONO LE SETTE E MEZZA.
HO IL TEMPO DI FARE UN BAGNO E DI RIPOSARE UN PO' PRIMA DELLA FESTA.
32

33

TIC
CRAC
CRAC
34

ORA GLI FARO' IL PENTOTHAL... MI FARO' DIRE LA COMBINAZIONE DELLA CASSAFORTE E COME DISINNESCARE L'ALLARME.

POI LO NASCONDERO' NELL'ARMADIO. LO RITROVERANNO DOMANI MATTINA, QUANDO IO SARO' GIA' VIA DA QUI.
35

PIÙ TARDI...
VA BENE, POTETE ENTRARE!

E' STATO FACILE FAR PARLARE MASSIMO... ORA SO TUTTO... FARÒ UN COLPO FAVOLOSO.
36

AGIRÒ APPENA TUTTI DORMIRANNO.
NON RUBERÒ SOLTANTO LO SMERALDO, MA ANCHE I GIOIELLI DELLE SIGNORE CHE RIMARRANNO ALLA VILLA.
37

SICURAMENTE PRIMA DI ANDARE A LETTO LI METTE-RANNO IN CASSAFORTE.
MASSIMO! MIO PADRE E' FELICE, SONO VENUTI TUTTI, COMPRE-SA ZIA IRMA!
38

MALGRADO SIA TERRORIZZATA DAI LADRI, PER QUESTA FESTA SI È FIDATA DELLE MISURE DI SICUREZZA CHE ABBIAMO PRESO.
TUTTI SONO CONVINTI CHE ANCHE DIABOLIK FALLIREBBE SE TENTASSE IL COLPO.
GIÀ!
39

ALL'ALBA...

TAC
40

41

E QUESTO E` IL FAMOSO SMERALDO ! E' DAVVERO ENORME !
42

TAC
43

ME NE ANDRÒ VIA VERSO LE OTTO, PRIMA CHE SI SVEGLINO TUTTI E SCOPRANO IL FURTO.

POTREI GIÀ USCIRE ADESSO, MA NON VORREI INSOSPETTIRE LE GUARDIE AL CANCELLO.
44

QUALCHE ORA DOPO...
QUANTI GIOIELLI!
ED ECCO LO SME-RALDO!
45

STRANO! PENSAVO AVESSE PIÙ LUCE!
FAMMI VEDERE!
GIÀ! HAI RAGIONE.
46

47

E' FALSO!
COSA?!
EVA! MI E' VENUTO UN SOSPETTO...
48

...NON VORREI ESSERE STATO MANOVRATO DA QUALCUNO CHE AVEVA INTERESSE A CHE LO SMERALDO FOSSE RUBATO.

HO CAPITO! QUEL TENTATIVO DI FURTO IN CASA KURMAN SAREBBE STATA UNA MESSA IN SCENA PER INVOGLIARTI A FARE IL COLPO.
49

GIÀ, I LORO ALLARMI SONO MOLTO EFFICIENTI E SOLO IO POTEVO NEUTRALIZZARLI.
SENZ'ALTRO C'È SOTTO UNA STORIA DI ASSICURAZIONE. CON QUESTO FURTO, KURMAN INCASSERÀ OLTRE UN MILIARDO.
50

INVECE IL VERO SMERALDO E' NASCOSTO IN CASA OPPURE E' IN BANCA.
COSA INTENDI FARE?

RIPRENDERO' OGGI STESSO IL POSTO DEL SEGRETARIO E SETACCERO' TUTTA LA VILLA.
51

PIÙ TARDI...
GINKO HA RICOSTRUITO TUTTO ... DIABOLIK SI E' SOSTITUITO A MASSIMO ENTRANDO NELLA VILLA DAL TOMBINO DELLA FOGNA.

FINORA IL MIO PIANO HA FUNZIONATO ... PER FORTUNA GIORGIO SI E' DECISO AD AIUTARMI SOSTENENDO LA PARTE DI DIABOLIK.
52

ERO QUASI SICURA CHE QUEL CRIMINALE AVREBBE RACCOLTO LA SFIDA, PROPRIO QUELLO CHE VOLEVO! SOLO LUI POTEVA ENTRARE IN QUESTA CASA EVITANDO I NOSTRI SISTEMI D'ALLARME.

E COSÌ MI HA SALVATA DALL'IRA DI MIO PADRE CHE NON SAPRÀ MAI LA VERITÀ.
53

A QUEST'ORA SI SARÀ ACCORTO CHE LO SMERALDO E' FALSO E SICURAMENTE TORNERÀ QUI PER SAPERNE DI PIÙ.

DOVRÀ PER FORZA PRENDERE DI NUOVO IL POSTO DI MASSIMO CHE E' L'UNICO AD AVERE LA SUA CORPORATURA, MA IO SPIERÒ TUTTI I SUOI MOVIMENTI E ME NE ACCORGERÒ SUBITO.
54

AL MOMENTO OPPORTUNO LO AFFRONTERÒ E GLI DIRÒ CHE HO IMPEGNATO IL VERO SMERALDO DA WINKLE. POTRÀ ANDARE A RUBARLO DA LUI!

...IN QUESTO MODO DIABOLIK NON PERDERÀ NULLA E IO NON DOVRÒ TEMERE LA SUA VENDETTA.
55

IN QUANTO A WINKLE SONO TRANQUILLA... DENUNCERÀ IL FURTO DI UN FAVOLOSO SMERALDO MA NON DIRÀ MAI CHE ERA UN PEGNO.

NON HA NESSUN INTERESSE A FAR SAPERE CHE È UNO STROZZINO.
56

LA NOTTE STESSA...
EVA! HO FINITO ADESSO DI PERQUISIRE LO STUDIO MA NON HO TROVATO NULLA.

DOMANI COMINCERÒ A PERLUSTRARE LE ALTRE STANZE. COMUNQUE HO PIAZZATO DEI MICROFONI UN PO' DAPPERTUTTO COSÌ POTRAI SENTIRE QUELLO CHE SUCCEDE.
57

E' DA SOLO IN CAMERA... MA SENTO SUSSURRARE!
E' DIABOLIK!... NE SONO SICURA, E STA PARLANDO CON EVA KANT!
ORA E' MEGLIO CHE RITORNI NELLA MIA STANZA.
58

DEVE ESSERSI SOSTITUITO A MASSIMO QUESTO POMERIGGIO, QUANDO E' ANDATO ALLA POLIZIA PER FIRMARE IL VERBALE...

ED E' TORNATO QUI QUANDO LA CASA ERA ANCORA PIENA DI AGENTI!..... QUELL'UOMO E' DI UN'AUDACIA SENZA PARI.
59

E POI E' COSI' AFFASCINANTE... PROPRIO IL MIO TIPO.
HO IL CUORE CHE MI BATTE IN GOLA... MA NON E' PAURA.
SE POTESSI TRATTENERLO QUI QUALCHE GIORNO FORSE SI ACCORGEREBBE DI ME E SI RENDEREBBE CONTO CHE CI SONO ALTRE DONNE IN GAMBA OLTRE A EVA KANT.
60

MA COSA STO PENSANDO? TUTTO PRESO COM'E' DALLA RICERCA DELLO SMERALDO NON MI DEGNERÀ NEPPURE DI UNO SGUARDO...
...A MENO CHE...
61

IL GIORNO SEGUENTE...
CIAO, MASSIMO, FINALMENTE TI TROVO DA SOLO.
E' DA IERI CHE MI STAI SFUGGENDO!
... PERCHE'? COSA TI HO FATTO?
62

ACCIDENTI! QUESTA COMPLICAZIONE NON CI VOLEVA!
SAI, SONO ANCORA UN PO' SCOSSO DALL'AVVENTU-RA CHE HO AVUTO.
CAPISCO... CHIEDI A MIO PADRE QUAL-CHE GIORNO DI VA-CANZA. POTRESTI ANDARE AL MARE E IO CON UNA SCU-SA TI RAGGIUN-GEREI!
63

NON E' NECESSARIO, MI RIPRENDERO' IN FRETTA.
E' MOLTO IMBARAZZATO, SICURAMENTE EVA KANT STA ASCOLTANDO!
COME VUOI, CARO, MA ADESSO DAMMI UN BACIO.
64

CHI POTEVA IMMAGINARE CHE QUEI DUE SI AMASSERO?
65

CARO! NON MI AVEVI MAI BACIATA CON TANTA PASSIONE.
QUESTA NOTTE VERRÒ DA TE.
66

MA ORA TI LASCIO AL TUO LAVORO. IO VADO IN CITTÀ DAL PARRUCCHIERE.
A PRESTO, TESORO.
67

EVA! HAI SENTITO?
NON C'ERA MOLTO DA SENTIRE... C'È STATO UN LUNGO SILENZIO...
68

RISPARMIAMI IL TUO SARCASMO, E CERCA PIUTTOSTO DI SOSTITUIRTI A LEI. HA LA TUA STESSA CORPORATURA.

IO STANOTTE DEVO PERQUISIRE UNA PARTE DELLA VILLA E NON LA VOGLIO TRA I PIEDI.
VA BENE, L'ASPETTERÒ SULLA STRADA QUANDO TORNERÀ DAL PARRUCCHIERE.
69

INFATTI...
ECCO, VERONICA STA ARRIVANDO.
WROOM
SCREEEK
COSA TI E' SUCCESSO?
70

SONO CADUTA. PUOI PORTARMI AL PRONTO SOCCORSO DELL'OSPEDALE?
CERTO. SALI.
GRAZIE!
71

FSSSSs
AAH!

ORA CARICO IL MOTORINO E PORTO VERONICA AL RIFUGIO. FARÒ SUBITO LA SUA MASCHERA E ANDRÒ A CASA KURMAN.
72

DUE ORE DOPO...

HO FINITO!
73

LA MIA MASCHERA E' PRONTA, GLIEL'HO LASCIATA FARE PERCHE' MI SERVE... DIABOLIK DEVE CREDERE CHE IO SIA EVA...
MI GIRA LE SPALLE QUESTO E' IL MOMENTO!
ANCH'IO CONOSCO IL KARATE'!
74

AAAH!

ERO SICURA CHE AVREBBE-RO CERCATO DI TOGLIERMI DI MEZZO, PER QUESTO PRIMA DI USCIRE HO PRESO DUE PASTIGLIE DI SIMPAMINA E MI SONO MESSA DEL COTONE NEL NASO.
75

ADESSO DEVO LEGARLA E CERCARE UNA MASCHERA CHE RIPRODUCE IL VOLTO DI EVA, SICURAMENTE C'E'.
PIU' TARDI...
E' ANDATO TUTTO BENE. ORA SOPRA LA MASCHERA DI EVA METTERO' LA MIA.
76

FRA QUALCHE GIORNO FARÒ IN MODO CHE TROVI LA RICEVUTA DI WINKLE E FARÒ IL COLPO ASSIEME A LUI.

PREGUSTO GIÀ IL MOMENTO IN CUI MI FARÒ RICONOSCERE E GLI DIRÒ... VEDI? NON C'È SOLO EVA KANT CAPACE DI AIUTARTI.
77

POCO DOPO...
SCUSATE IL RITARDO MA DAL PARRUCCHIERE C'ERA MOLTA GENTE!

ASPETTAVAMO TE PER ANDARE A TAVOLA.
78

E' ANDATO TUTTO LISCIO!
BENE, EVA!
QUELLA NOTTE...
AMORE!
79

CARA! HO TROVATO LO SMERALDO!
MA COM'E' POSSIBILE?
DOV'ERA?
80

NON CE L'HO ANCORA... MA QUESTO POMERIGGIO SONO ANDATO A PERQUISIRE LA CAMERA DI VERONICA E HO TROVATO UNA RICEVUTA... L'HA DATO IN PEGNO PER 200 MILIONI A UN CERTO WINKLE.

CHISSÀ PERCHÉ MAI L'HA FATTO?
HA IL VIZIO DEL GIOCO. HO VISTO ANCHE DEGLI APPUNTI SU VARI SISTEMI PER VINCERE ALLA ROULETTE... COMUNQUE QUESTO NON CI RIGUARDA!
81

SONO GIÀ STATO DA WINKLE. HO IMPEGNATO UNA BELLISSIMA TABACCHIERA CHE ERA IN CAMERA DI VERONICA. IN QUESTO MODO HO VISTO DOV'È LA CASSAFORTE E CHE CI SONO ALLARMI SU PORTE E FINESTRE, MA NOI ENTREREMO IN CASA DAL CAMINO.

FAREMO IL COLPO SUBITO! VAI A PREPARARTI. MENTRE ERO DA WINKLE HO SENTITO UNA TELEFONATA, QUESTA SERA ANDRÀ A CLERVILLE DA UN SUO AMICO.
82

APPROFITTEREMO DELLA SUA ASSENZA!
VA BENE. SARÒ PRONTA FRA UN ATTIMO.
ACCIDENTI! AVREI PREFERITO AVER QUALCHE GIORNO DI TEMPO PER STARE UN PO' ASSIEME A LUI.
83

...INVECE DEVO FARE SUBITO IL COLPO. CO. MUNQUE ME LA CAVERO' BENISSIMO.

AGIRO' COL VISO DI EVA.
84

UN'ORA DOPO...
WINKLE ABITA NELL'ALTRO PALAZZO, MA LA SERRATURA DEL PORTONE E' MOLTO COMPLICATA!
SCREEEK

...DOVREI USARE IL LASER LASCIANDO UNA TRACCIA DIETRO DI ME... QUALCUNO POTREBBE VEDERLA E DARE L'ALLARME.
85

PERCIÒ ENTREREMO IN QUESTA CASA CON LA CHIAVE UNIVERSALE E ATTRAVERSO I TETTI RAGGIUNGEREMO IL CAMINO DELL'APPARTAMENTO DI WINKLE.
86

POCO DOPO...
BZZZ

DIO MIO! DOVRO' CAMMINARE SU QUELL'AFFARE LI'... NON CE LA FARO' MAI... SIAMO AL QUINTO PIANO.
87

TAC
88

VIENI !.
89

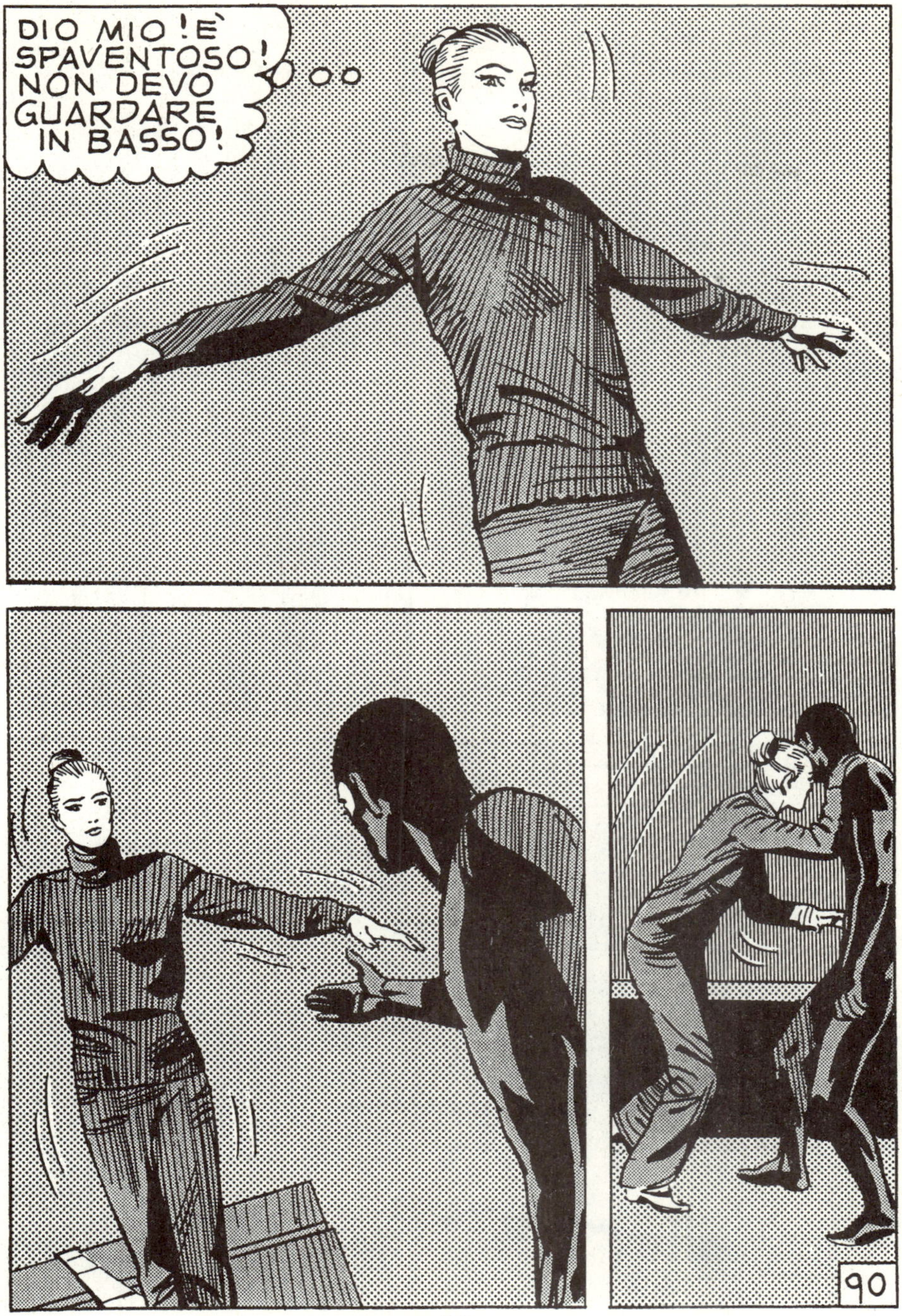
DIO MIO! È SPAVENTOSO! NON DEVO GUARDARE IN BASSO!
90

CARA, MA CHE HAI? NON TI SENTI BENE?
NO, VA TUTTO BENIS-SIMO!
ALLORA ANDIAMO! NON C'È UN ATTIMO DA PERDERE!
ORA, CON L'ACIDO, TO-GLIEREMO IL TETTUC-CIO DEL CAMINO.
91

POCO DOPO...
HO LE GAMBE CHE MI TREMANO ...NON SARÒ MAI CAPACE DI SO-STENERMI CON LA CORDA, E LO STUDIO DI WIN-KLE È AL PIANO TERRENO... MI SFRACELLERÒ!
SENTI! PRIMA TI HO MENTITO ...NON VO-LEVO DIRTELO... MA NON MI SEN-TO AFFATTO BENE. NON CE LA FARÒ A SCENDERE.
92

CARA, MI DISPIACE MA A QUESTO PUNTO NON POSSIAMO PIU' TORNARE INDIETRO, E IO HO BISOGNO DEL TUO AIUTO.
TI LEGHERO' LA CORDA ALLA VITA E TI CALERO'!
MENO MALE!
93

UN ATTIMO DOPO...
SPERIAMO CHE IL PEGGIO SIA PASSATO.
94

LA CASSA-FORTE E' DIETRO QUEL PAN-NELLO!
95

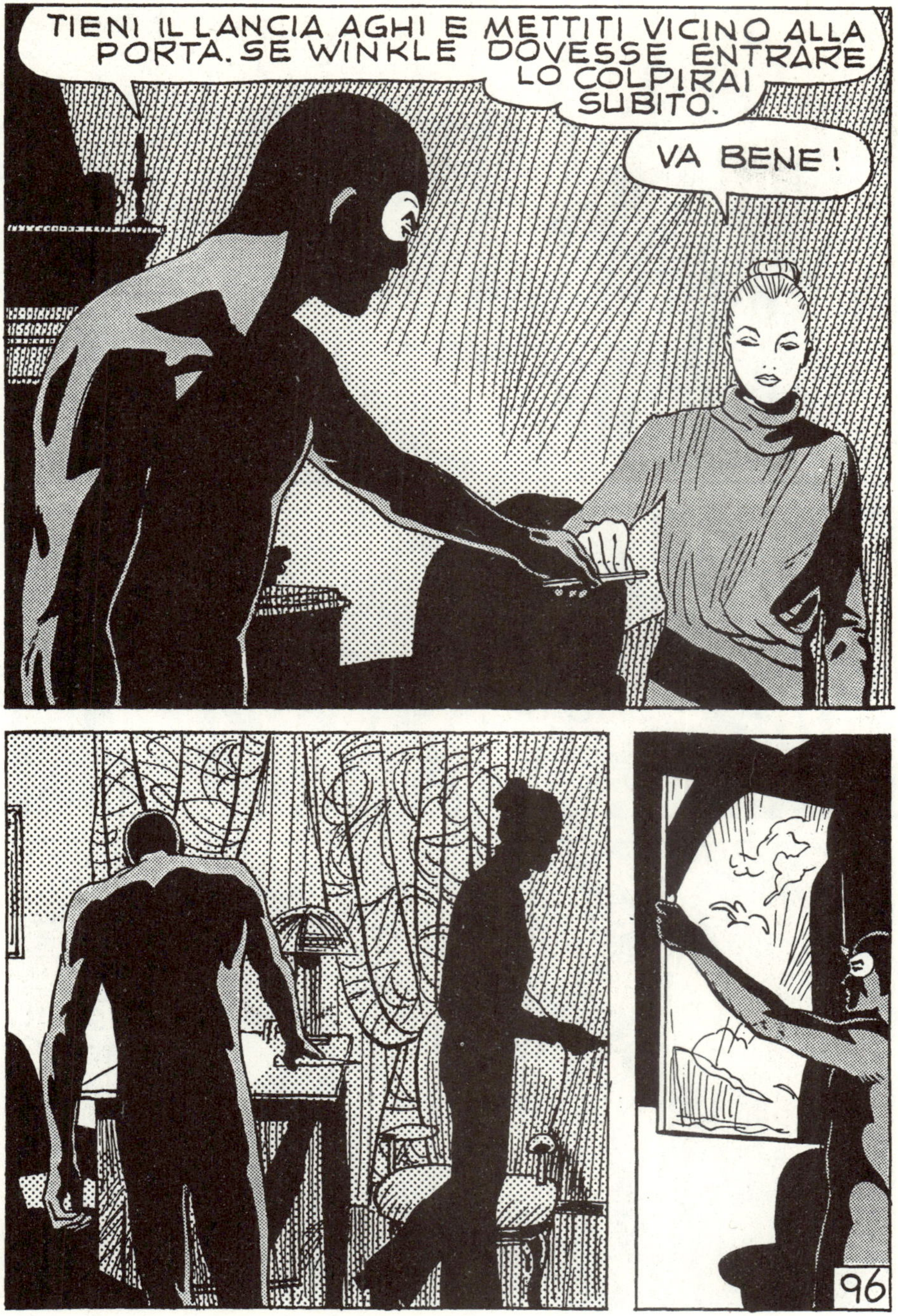
TIENI IL LANCIA AGHI E METTITI VICINO ALLA PORTA. SE WINKLE DOVESSE ENTRARE LO COLPIRAI SUBITO.
VA BENE!
96

PIÙ TARDI...
PERFETTO, QUESTO È L'ULTIMO SCATTO!
CRAC CRAC
IL RUMORE DI UNA CHIAVE!...
ACCIDENTI! È WINKLE CHE RITORNA. TIENITI PRONTA A COLPIRLO!
97

SWISS
SWISSS
98

EVA KANT!

DIO MIO, NON E' CADU-TO!... L'HO MANCATO!...
99

AAH!!
PER FORTUNA C'ERO IO!
SONO SALVA PER MIRACOLO... STAVA PER SPARARMI.
100

ORA PRENDEREMO LO SMERALDO.
UUUUU
MALEDIZIONE! UN ALTRO ALLARME!
SIAMO PERDUTI!
101

STA SUONANDO UN ALLARME!
ANDIAMO A VEDERE!
UUUUUUUUUU
102

CORRIA-
MO! FRA
POCO AVRE-
MO ADDOS-
SO LA PO-
LIZIA!
103

MA QUELLI SONO DIABOLIK ED EVA KANT!
INSEGUIAMOLI!
PRESTO! VIA! STA ARRIVANDO UNA PATTUGLIA!
UUUUU
WROOM
104

WROOM
WROOM
I POLIZIOTTI SONO PROPRIO QUI DIETRO!
SE LA POLIZIA MI TROVA CON DIABOLIK, SONO FINITA. PRENDERO' ANCH'IO L'ERGASTOLO.
105

WROOM
BANG
BANG
WROOOM
SPARANO! CI UCCIDERANNO!
COSA DICI?!? LA MACCHINA E' CORAZZATA!
106

SCRIIII
SCRIII
PATTUGLIA 37 CHIAMA CENTRALE... DIABOLIK HA IMBOCCATO LA STRADA COSTIERA. MANDATE RINFORZI ANCHE VIA MARE... PASSO...
107

FRA POCO SAREMO AL PROMONTORIO E CI CATAPULTEREMO !
OH, NO !...
LEGATI !
APPENA SAREMO IN MARE, CI SGAN-CEREMO DAL SEGGIOLINO E NUOTEREMO SOTT'ACQUA... GLI AGENTI POTREBBERO SPARARCI ADDOSSO.
108

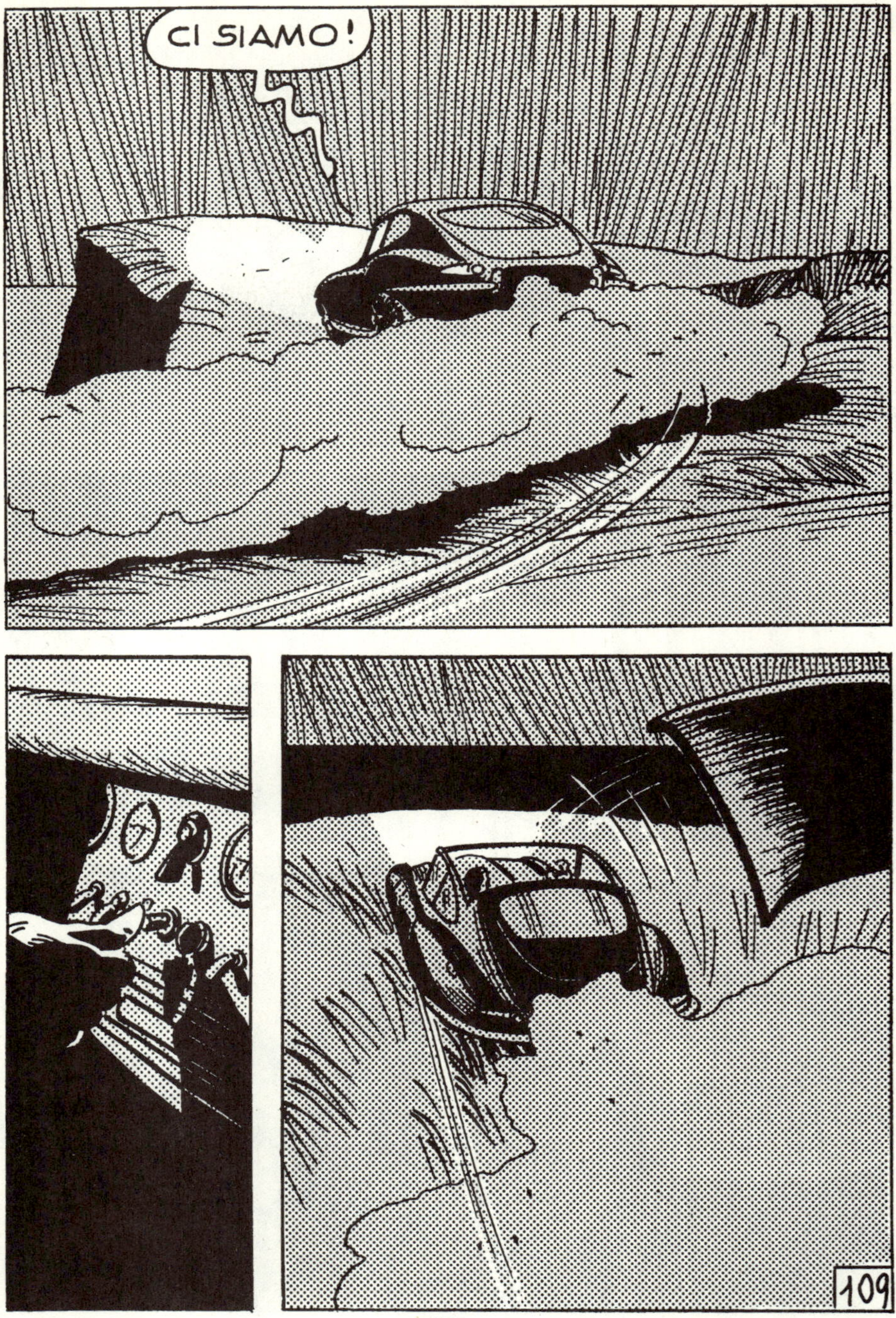
CI SIAMO!
109

AHH!
E' TERRIBILE!
110

AAH!

WRRR

LA POLIZIA!... SONO FINITA!
111

PRESTO, SALITE!
EVA KANT!
112

STUPITA DI VEDERMI, VERONICA?... NON SAI FARE DEI NODI SICURI... MI SONO SLEGATA MEZZ'ORA DOPO CHE AVEVI LASCIATO IL RIFUGIO!

PRESTO, EVA! ANDIAMOCENE IN FRETTA. GLI AGENTI AVRANNO GIÀ CHIAMATO LE MOTOVEDETTE DELLA GUARDIA COSTIERA.
113

PIÙ TARDI...
ALLORA SAPEVI TUTTO QUANDO SONO ENTRATA QUESTA SERA IN CAMERA TUA?
SÌ. AVEVO GIÀ PARLATO CON EVA.

E MI HAI LASCIATO FARE LO STESSO?
CERTO. AVEVO CAPITO LE TUE INTENZIONI. CREDEVI DI POTER SOSTITUIRE EVA E INVECE HAI TUTTO DA IMPARARE.
114

E ADESSO COSA FARAI DI NOI? SE GINKO VERRÀ A SAPERE CHE HAI PRESO UNA SECONDA VOLTA IL POSTO DI MASSIMO, CAPIRÀ CHE AVEVI ANCORA QUALCOSA DA RUBARE A CASA MIA.
QUELLO CHE POSSO FARE È PORTARVI FUORI DAL RIFUGIO CON GLI OCCHI BENDATI MA SENZA NARCOTIZZARVI... SE TU RIUSCIRAI A CONVINCERE MASSIMO A NON DIRE NULLA ALLA POLIZIA, TANTO MEGLIO PER TE!
115

ANDIAMO!

VERONICA, HO SEGUITO TUTTA L'AZIONE ATTRAVERSO LA RICEVENTE DI EVA KANT... SECONDO ME SEI STATA MOLTO CORAGGIOSA... SEI UNA DONNA IN GAMBA.
FINE

IL GIALLO A FUMETTI
DIABOLIK
di A. e L. GIUSSANI
NESSUNO RISPONDE

EVA, UNA NOTIZIA SPLENDIDA! LILIANA HEMMER MI HA INVITATO A CENA, TI STO CHIAMANDO DA CASA SUA.
ACCIDENTI, HAI FATTO IN FRETTA A CONQUISTARLA!

SÌ, CE L'HO MESSA TUTTA E HO FATTO CENTRO! DOPO MANGIATO LA FARÒ PARLARE COL PENTOTHAL.
DOVRAI NARCOTIZZARE ANCHE IL CAMERIERE E LA CUOCA.
2

NON CE NE SARÀ BISOGNO, LILIANA HA DATO LA SERATA LIBERA A ENTRAMBI. SE TUTTO VA BENE STANOTTE STESSA LE RUBERÒ I GIOIELLI.
PERCHÈ DOVREBBE ANDAR MALE?
BEH, UNA DONNA CHE SI PROTEGGE CON UN SISTEMA D'ALLARME VERAMENTE INSORMONTABILE PUÒ AVER PRESO ANCHE LA PRECAUZIONE DI FARSI CONDIZIONARE A NON PARLARE SOTTO PENTOTHAL.
3

MA ORA DEVO TORNARE DI LA'.
TIENIMI INFORMATA.

QUESTO COLPO MI HA DATO FASTIDIO DA QUANDO L'HA IDEATO. LILIANA HEMMER E' MOLTO AFFASCINANTE, TUTTI GLI UOMINI SI INNAMORANO DI LEI E DEVO AMMETTERE CHE NE SONO GELOSA.
4

CORTEGGIARLA ERA L'UNICO MEZZO PER RIUSCIRE A ENTRARE NELLA SUA VILLA, SECONDO LUI. NON HA VOLUTO NEPPURE DISCUTERE ALTRE POSSIBILITÀ.

PIÙ TARDI...
LILIANA, È MOLTO BELLO QUI. TRA LA CASA E LA SPIAGGIA SEI RIUSCITA A FAR CRESCERE MOLTO VERDE.
ALLA SERA, SOTTO QUEL PERGOLATO C'È FIN TROPPO FRESCO.
5

SIGNORA, LA CUOCA E IO CE NE ANDIAMO.
D'ACCORDO, GIACOMO, VENGO A SPEGNERE LE CELLULE.
DEVO FINGERE DI NON SAPERE NIENTE.
LILIANA, NON CAPISCO ... COSA VAI A FARE?
6

NESSUNO SE NE ACCORGE, MA SIAMO SOTTO UN RETICOLO DI CELLULE AGLI INFRAROSSI. NON SI PUO' METTERE PIEDE AL DI QUA DEL MURO DI CINTA O SULLA SPIAGGIA SENZA FAR SUONARE L'ALLARME.

NOI SIAMO ALL'INTERNO DI QUESTA SPECIE DI CUPOLA E POSSIAMO MUOVERCI LIBERAMENTE. LE CELLULE FOTOELETTRICHE SONO NASCOSTE UN PO' DAPPERTUTTO.
HAI UN SISTEMA DI PROTEZIONE INVIOLABILE.
7

SONO STATA IO A PROGETTARLO, HO UN VERO PALLINO PER QUESTE COSE. INDOVINA COME HO FATTO A LIBERARMI DI MIO MARITO QUANDO HO CAPITO CHE APPARTENEVA ALLA MALAVITA.
HAI TRASFORMATO LA SUA POLTRONA PREFERITA IN UNA SEDIA ELETTRICA?

NO, MI SONO LIMITATA A POTENZIARE UN PICCOLO MICROFONO DIREZIONALE CHE AVEVO COMPERATO E UN GIORNO CHE VITTORIO ANDAVA DAL SUO SOCIO L'HO SEGUITO.
8

STANDO A PIU' DI CINQUECENTO METRI DALL'UFFICIO SONO RIUSCITA A SENTIRE LA DATA E IL LUOGO D'ARRIVO DI UN CARICO DI ARMI.
L'HAI DENUNCIATO?
NO, FORSE TI SCANDALIZZERAI, MA NON ERO INDIGNATA PER LA SUA ATTIVITA', ERO SOLO STUFA DI LUI E VOLEVO TOGLIERMELO D'ATTORNO IL PIU' PRESTO POSSIBILE.
9

LO MINACCIAI DI DIRE TUTTO AL SUO SOCIO E TI ASSICURO CHE QUELLO NON GLI AVREBBE MAI PERDONATO DI ESSERSI FATTO SCOPRIRE. LA SERA STESSA ERA FUORI DI CASA.

OGNI TANTO LO INCONTRO, ABITA QUI VICINO. SE NON MI HA UCCISO È PERCHÉ NON HA IL CORAGGIO DI FARLO.
CRRRR
10

SIGNORA, SIAMO VICINO AL CANCELLO.
BENE, DISATTIVO LE CELLULE DI QUEL SETTORE.
SCUSATE, DOMANI A CHE ORA DOBBIAMO RIENTRARE?
VERSO LE NOVE.
11

POSSO RIMETTERE IN FUNZIONE LE CELLULE. GIACOMO E ROSA SONO USCITI E NOI POSSIAMO TORNARE SUL TERRAZZO.
TIC
INFATTI...
CHE NOTTE LIMPIDA! IL CIELO E' COSI' NERO CHE LE STELLE SEMBRANO PIU' VICINE!
ORA MI SIEDERÒ VICINO A LEI.
12

OH, FINALMENTE GIORGIO SI E' SEDUTO VICINO A ME E MI HA ANCHE MESSO UN BRACCIO ATTORNO ALLE SPALLE. NON CREDEVO CI VOLESSE TANTO ...ORA PRENDERO' IO L'INIZIATIVA.

SAI CHE SONO SBALORDITO DAL TUO SISTEMA DI SICUREZZA? MI SEMBRA IMPOSSIBILE CHE SOPRA DI NOI CI SIA UNA SPECIE DI GABBIA.
NON PENSARCI, CARO...
13

... E DAMMI UN BACIO ...
GIORGIO ... MI SENTO MALE ...
SI È ADDORMENTATA E POSSO FARLE IL PENTOTHAL. SE NON DOVESSE PARLARE, QUANDO SI RIPRENDERÀ CREDERÀ DI ESSERE SVENUTA E POTRÒ CONTINUARE A FREQUENTARLA.
14

POCO DOPO...
CI SIAMO, POSSO COMINCIARE A INTERROGARLA. LE FORMULERO' LE DOMANDE IN MODO CHE NON OPPONGA RESISTENZA.

LILIANA, ASCOLTA, VOGLIONO RUBARE I TUOI GIOIELLI, MA TU NON PUOI MUOVERTI PERCHE' STAI MALE... DIMMI DOVE SONO NASCOSTI E IO LI METTERÒ IN SALVO.
15

NEL MIO GIARDINO ...
DIMMI IL POSTO PRECISO, NON ABBIAMO TEMPO DA PERDERE.
SOTTO UNA PANCHINA C'È UN PULSANTE CHE APRE IL BASAMENTO ...
MI BASTA, LILIANA, ORA PUOI DORMIRE TRANQUILLA...
16

EVA, IL NASCONDIGLIO DEI GIOIELLI E' NEL BASAMENTO IN PIETRA DEL PERGOLATO. ARRIVERO' AL RIFUGIO CON IL BOTTINO PRIMA CHE LILIANA SI SVEGLI.
PIÙ TARDI...
MALEDIZIONE! IL PULSANTE NON E' NEPPURE SOTTO QUESTA PANCHINA. E DIRE CHE NON HO TRALASCIATO NEANCHE UNA FES-SURA!
17

COSA MI E' SUCCESSO?
ORA RICORDO... ERO QUI CON GIORGIO E MI SONO SENTITA MALE... MA LUI SE NE E' ANDATO...
NO... E' LI' SOTTO IL PERGOLATO... MA COSA STA FACENDO?
EVA, NON ESISTONO PULSANTI SOTTO LE PANCHINE!
18

EPPURE LILIANA E' STATA MOLTO PRECISA. IL NASCONDIGLIO DEI GIOIELLI E' IN GIARDINO E SI APRE PREMENDO UN PULSANTE CHE C'E' SOTTO UNA PANCHINA.
ALLORA E' CONDIZIONATA A MENTIRE SOTTO PENTOTHAL.

GIORGIO E' DIABOLIK!

MI HA FATTO IL PENTOTHAL E HO PARLATO, MA LUI E' CADUTO NELL'EQUI-VOCO.
19

E ADESSO COSA INTENDI FARE?
NON SO ANCORA, MA CERTO NON RINUNCERÒ AI SUOI GIOIELLI. ORA TORNO A SEDERMI VICINO A LILIANA, ORMAI SARÀ GIÀ NEL DORMIVEGLIA.
BASTERÀ QUALCHE SCHIAFFETTO PER SVEGLIARLA DEL TUTTO.
FINGERÒ DI ESSERE ANCORA ADDORMENTATA.
20

POCO DOPO...
LILIANA... LILIANA... RISPONDIMI!

OH, GIORGIO... SONO SVENUTA...
ADESSO, COME TI SENTI? VUOI CHE CHIAMI UN MEDICO?
21

NO, MI SONO COMPLETA-MENTE RIPRESA E ANZI VORREI CONTINUARE DA DOVE ERAVAMO RIMASTI...
MI AVEVA CHIESTO UN BACIO.

PER LILIANA E' SEMPRE STATO FACILE CONQUISTARE GLI UOMINI CHE DIVENTANO SCHIAVI DEL SUO FASCINO. LEI PERÒ DOPO UNA SOLA NOTTE D'AMORE LI CONGEDA.
22

ORA SI E' INCAPRICCIATA DI ME MA DOVRO' TENERLA SULLA CORDA SE VOGLIO RIUSCIRE A RESTARE QUI FINCHE' NON AVRO' TROVATO IL NASCONDIGLIO DEI GIOIELLI.

AMORE...TU SEI L'UOMO DELLA MIA VITA.
LILIANA, QUESTE FRASI MI SPAVENTANO, IO NON VOGLIO LEGARMI A NESSUNO.
23

ANZI, ADESSO E' MEGLIO CHE VADA A CASA MIA, DOMANI TORNERO' A TROVARTI.
NO, NON TE NE ANDA-RE, SONO SOLA...
...SE DOVESSI SENTIRMI MALE DI NUOVO NON SAPREI CHI CHIAMARE.
PERFETTO, ERA QUELLO CHE VOLEVO, COMINCERO' SUBITO A PERLUSTRA-RE LA CASA.
24

HAI RAGIONE, RESTO.
VIENI, DORMIRAI NELLA STANZA DEGLI OSPITI.
STANOTTE CERCHERÀ IL NASCONDIGLIO. L'IMPORTANTE È CHE NON ENTRI IN CAMERA MIA.
DIABOLIK MI AFFASCINA. SO CHE NON POTRÒ MAI PRENDERE IL POSTO DI EVA KANT, MA ANCHE L'IDEA DI UNA BREVE AVVENTURA CON LUI MI ELETTRIZZA.
25

POCO DOPO...
EVA, FINALMENTE POSSO RICHIAMARTI. LILIANA E' ANDATA A LETTO E IO SONO IN CAMERA MIA.
COME IN CAMERA TUA?

SAI, MI HA PREGATO DI RESTARE PERCHE' ERA SOLA IN CASA...
NON FARMELO PASSARE PER UN SACRIFICIO! TU HAI SEMPRE PENSATO DI PIAZZARTI LI' DA LEI!
26

MA MI DOMANDO PER QUANTO TEMPO DOVRAI VIVERE CON LA HEMMER SE VUOI PERLUSTRARE TUTTA LA VILLA OPPURE A CHE PUNTO DOVRAI ARRIVARE PER CONQUISTARTI LA SUA FIDUCIA E FARTI DIRE DOV'È IL NASCONDIGLIO.

EVA, LA TUA GELOSIA È VERAMENTE FUORI POSTO! RESTERÒ QUI FINCHÉ SARÀ NECESSARIO, QUEI GIOIELLI VALGONO MILIARDI E LI VOGLIO!
27

VUOI I GIOIELLI O LA LORO PADRONA?
EVA, SMETTILA!

VUOI FARMI TACERE PER-CHE` NON SAI PIU` COSA RISPON-DERE?
TI SBAGLI, DOMATTINA VERRO` AL RIFUGIO E CONTINUE-REMO QUE-STA CONVER-SAZIONE! BUONA NOTTE!
28

BRAVO IL MIO VECCHIO MICROFONO DIREZIONALE CHE HA FUNZIONATO ANCORA! DOPO QUELLO CHE HO SENTITO NON E' POI COSI' IMPOSSIBILE SOPPIANTARE EVA KANT!

HO UN VANTAGGIO SU DI LEI! FINCHE IO AVRÒ I GIOIELLI DIABOLIK RESTERÀ CON ME E MI SEGUIRÀ OVUNQUE. SE POI EVA KANT SPARISSE FORSE RIUSCIREI ANCHE A CONQUISTARLO!
29

IL MATTINO SEGUENTE...
ECCO, L'ACQUA HA COMINCIATO A SCROSCIARE. DIABOLIK È SOTTO LA DOCCIA E NON MI SENTIRÀ ENTRARE.

SPERIAMO CHE SI SIA TOLTO L'OROLOGIO. SOLO COSÌ IL MIO PIANO ANDRÀ A BUON FINE.
30

ECCOLO, HO LA FORTUNA DALLA MIA PARTE! ORA MI BASTERÀ APRIRLO E TOGLIERE UN TRANSISTOR PER RENDERLO COMPLETAMENTE MUTO.

DIABOLIK NON SI ACCORGERÀ DI NULLA E QUALSIASI CONTATTO CON EVA KANT SARÀ INTERROTTO.
31

PIÙ TARDI...
BUON GIORNO, GIACOMO, DOV'È LA SIGNORA?
È USCITA QUANDO IO SONO ARRIVATO, È ANDATA A GHENF.

MI HA DETTO DI RIFERIRVI DI RESTARE IN CASA E DI ASPETTARE LA SUA TELEFONATA.
VA BENE.
32

ACCIDENTI, NON POTRO' ANDARE SUBITO DA EVA, MA MENTRE ASPETTERO', PERLUSTRERO' LA CAMERA DI LILIANA. FORSE IL NASCONDIGLIO E' LI'.

INFATTI...
ECCOLO! LILIANA NON MENTIVA!
33

QUANDO HA NOMINATO IL SUO GIARDINO INTENDEVA QUESTO IN MINIATURA E IO SONO CADUTO NELL'EQUIVOCO.

IL PULSANTE CHE APRE IL BASAMENTO E' SOTTO UNA DI QUESTE PICCOLE PANCHINE.
34

FRA POCO QUANDO ARRIVERÒ DA EVA AVRÒ ANCHE I GIOIELLI E LEI DOVRÀ AMMETTERE CHE HO FATTO BENE A FERMARMI QUI.
ECCO IL PULSANTE.
CLIK
BZZZZ
35

E' VUOTO! DANNAZIONE, MA ALLORA DOVE LI TIENE?

PIÙ TARDI...
CIAO, LILIANA, DOVE SEI?
AL PORTO A PRENDERE AC-CORDI COL CO-MANDANTE DEL MIO PANFILO.
36

STANOTTE HO FATTO UNO SPLENDIDO PROGETTO! FAREMO UNA CROCIERA INSIEME E RAGGIUNGEREMO IL CASTELLO DI MARCO WEBER.
CI METTEREMO QUALCHE GIORNO E ARRIVEREMO IN TEMPO PER LA FESTA DEL SUO COMPLEANNO.
CONOSCO QUELLE FESTE. LILIANA AVRÀ BISOGNO DEI SUOI GIOIELLI E PRIMA DI PARTIRE LI TIRERÀ FUORI.
37

LILIANA, HAI AVUTO UN'IDEA GENIALE.
ERO COSÌ SICURA CHE NE SARESTI STATO ENTUSIASTA CHE STAMATTINA HO PRESO TUTTI I MIEI GIOIELLI E LI HO GIÀ NASCOSTI SUL PANFILO.
OH, NO...
ADESSO VAI A CASA A FARE LE VALIGIE, POI TORNA LÌ DA ME. TI RICHIAMERÒ PER DIRTI A CHE ORA DEVI VENIRE AL PORTO.
D'ACCORDO.
38

POCO DOPO...
SPERIAMO CHE EVA OGGI SIA PIÙ RAGIONEVOLE E CAPISCA CHE NON AVEVO ALTRA SCELTA SE NON QUELLA DI IMBARCARMI CON LILIANA.
LUX

GIRA A DESTRA. QUELLA PICCOLA TRAVERSA PUÒ PORTARE SOLO A QUELLA CASA.
39

PASSERÒ OLTRE, POI TORNERÒ INDIETRO E MI FERMERÒ A UNA CERTA DISTANZA. HO VISTO DEI CESPUGLI CHE FANNO AL CASO MIO.

CIAO, EVA, SPERAVO DI ARRIVARE AL RIFUGIO CON TUTTI I GIOIELLI, INVECE C'È STATO UN GROSSO CONTRATTEMPO.
40

CHE TI OBBLIGA A STARE LONTANO ANCORA UNA NOTTE, IMMAGINO.
FORSE ANCHE DI PIU: PER FARE IL COLPO DEVO IMBARCARMI CON LILIANA SUL SUO PANFILO.
COSA?!
LILIANA HA PORTATO LÀ I GIOIELLI. IN EFFETTI QUESTO COLPO STA DIVENTANDO COMPLICATO.
41

TU HAI VOLUTO FARLO COMPLICATO! SAREBBE STATO MOLTO SEMPLICE SE IO AVESSI PRESO IL POSTO DELLA HEMMER E TU QUELLO DEL CAMERIERE!

EVA, NON DIRE SCIOCCHEZZE! TUTTI E DUE SONO PIU' PICCOLI DI NOI E LA CUOCA SE NE SAREBBE ACCORTA.
FIGURATI SE LA CUOCA AVREBBE NOTATO POCHI CENTIMETRI DI DIFFERENZA! DI' PIUTTOSTO CHE TI PIACE STARE CON QUELLA DONNA.
42

EVA, ADESSO BASTA!
AMORE, TI PREGO, NON ANDARE!
NO! NON RINUNCIO A UN COLPO PER LA TUA ASSURDA GELOSIA!
SE PARTIRAI CON LA HEMMER NON CONTARE SUL MIO AIUTO, PERCHÉ SARÒ ANCH'IO IN VACANZA!
FAI COME CREDI! VADO A FARE LA VALIGIA.
43

NON HO UN ATTIMO DA PERDERE. ORA SCRIVERÒ UN BIGLIETTO IN STAMPATELLO E CON LA MANO SINISTRA IN MODO CHE VITTORIO NON RICONOSCA LA MIA CALLIGRAFIA.

ANCHE SE SONO STATA SPOSATA CON LUI PER POCO TEMPO LO CONOSCO ABBASTANZA PER SAPERE CHE AGIRÀ SUBITO.
WROOOM
44

POCO DOPO...
VITTORIO, E' SUCCESSO UNA COSA STRANA. UN MOTOCICLISTA HA SUONATO IL CAMPANELLO DEL CANCELLO, HA BUTTATO IN GIARDINO QUESTO BIGLIETTO E POI E' SCAPPATO.
FAMMI VEDERE.
PORCO MONDO!
COSA C'E' SCRITTO?
45

QUEL MOTOCICLISTA MI SEGNALA UN RIFUGIO DI DIABOLIK. DICE CHE IN QUESTO MOMENTO EVA KANT E' SOLA IN CASA MA CHE DEVO FARE IN FRETTA SE VOGLIO CATTURARLA PRIMA CHE SE NE VADA.

QUESTA STORIA MI PUZZA!
SI TRATTA DI QUALCUNO CHE NON HA I MEZZI PER CATTURARE QUELLA DONNA E SI RIVOLGE A ME. POI SI RIFARÀ VIVO E VORRÀ LA SUA PARTE. EVA KANT VALE MILIARDI.
46

GIÀ, MA ENTRARE IN UN COVO DI DIABOLIK PUÒ VOLER DIRE RIMETTERCI LA PELLE!
ALBERTO, PRENDI CON TE DUE UOMINI, IL FUCILE E LE CARTUCCE NARCOTIZZANTI. ASPETTERETE EVA KANT QUANDO USCIRÀ DAL RIFUGIO.

PIÙ TARDI...
CONTINUO A CHIAMARLO, MA NON RISPONDE. DEVE ESSERE FURIOSO CON ME E HA RAGIONE. SONO STATA INGIUSTA E MI VERGOGNO DI QUELLO CHE HO DETTO.
47

METTO UNA MASCHERA E VADO AL PORTO. AP-PENA MI VEDRÀ CAPIRÀ CHE MI SONO RICREDUTA.

RIUSCIREMO A PARLARCI E GLI CHIEDERÒ SCUSA. POI SEGUIRÒ IL PANFILO DELLA HEMMER CON IL NOSTRO MOTOSCAFO E IN CASO DI BISOGNO SARÒ PRONTA AD AIUTARLO.
48

AH!

MI HANNO NARCOTIZZATO...

LA DONNA E' A TERRA, ANDIAMO A CONTROL-LARLE IL VISO!
PER FORTUNA LA CASA E' NASCOSTA RISPETTO ALLA PROVINCIALE E NESSU-NO HA POTUTO NOTARCI.
49

E' LEI, HA UNA MASCHERA! PRESTO, PORTIAMOLA SUBITO A CASA DEL CAPO.

ERO SICURA CHE VITTORIO AVREBBE MANDATO I SUOI UOMINI. CREDE DI POTER CHIEDERE UN RISCATTO, NON SA CHE NON POTRÀ MAI METTERSI IN CONTATTO CON DIABOLIK.
50

IN COMPENSO TEMERÀ CHI GLI HA MANDATO LA DENUNCIA ANONIMA, QUINDI NON POTRÀ FAR ALTRO CHE UCCIDERLA, FARLA SPARIRE E NEGARE DI AVERLA CATTURATA.

POCO DOPO...
SIGNORA HEMMER, FINALMENTE! ERO MOLTO PREOCCUPATO.
GH·57 96172
VRRRR
51

SE AVESTE TARDATO ANCORA AVREI COMINCIATO A TELEFONARE AGLI OSPEDALI.
HAI RAGIONE, MA E' STATO COSI' ENTUSIASMANTE! PRIMA SGATTAIOLARE FRA IL TRAFFICO E POI LANCIARMI SULLA PROVINCIALE. FORSE MI COMPRERO' UNA MOTO.
PIERO, TI RESTITUISCO IL GIUBBETTO.
OH, LA MIA AUTO HA CAMBIATO FACCIA.
LUSTRATA FUORI E DENTRO.
52

PAPÀ, COME MAI LE HAI PRESTATO LA TUA MOTO ?
STAMATTINA MI HA PORTATO LA MACCHINA DA LAVARE, MA POI SI ANNOIAVA A STAR QUI AD ASPETTARE...
...COSÌ MI HA CHIESTO MOTO, GIUBBETTO E CASCO PER ANDARE A FARE UN GIRO. NON POTEVO DIRLE DI NO, È UNA CLIENTE CHE ALLA FINE DI OGNI MESE MI LASCIA QUI UN MUCCHIO DI SOLDI.
53

PIÙ TARDI...
GIORGIO, BENVENUTO A BORDO. SICURAMENTE PENSAVI CHE NON TI AVREI PIÙ TELEFONATO, INVECE HO FATTO TARDI PERCHÉ MI SONO COMPERATA DEI NUOVI ABITI DA SERA.

TI PRESENTO IL SIGNOR SPILLEN, È IL COMANDANTE.
PIACERE. SONO GIORGIO RITTER.
54

LILIANA, SONO SENZA PAROLE, HAI UN PANFILO SPLENDIDO! MA QUANTI UOMINI DI EQUIPAGGIO DEVI AVERE?
NON LO SO DI PRECISO.
ALMENO SETTE PERCHE' TUTTO FUNZIONI BENE.
IN VALIGIA HO BOMBOLETTE DI GAS PER NARCOTIZZARLI TUTTI.
55

ECCO, GIORGIO, QUESTA E' LA TUA CABINA. SE VUOI, IL MARINAIO TI AIUTERA' A METTERE IN ORDINE LA TUA ROBA.
NO, GRAZIE. PREFERISCO FARE DA SOLO.
FAI IN FRETTA, ALLORA. TI ASPETTO SUL PONTE.
SIGNOR SPILLEN, QUANDO PARTIREMO?
FRA CINQUE MINUTI.
56

NIENTE DA FARE. EVA NON MI RISPONDE.
QUESTA VOLTA MI HA PROPRIO SECCATO! SI STA COMPORTANDO COME UNA BAMBINA.
OH...
CAPO, EVA KANT SI E' SVEGLIATA.
57

ORA RICORDO, MI HANNO NARCOTIZZATO.
COME AVETE FATTO A SCOPRIRMI?
QUALCUNO VI HA DENUNCIATO E DA UN MOMENTO ALL'ALTRO MI ASPETTO CHE SI RIFACCIA VIVO.
VOI SIETE UNA DONNA CHE VALE MILIARDI E QUINDI CHI MI HA INDICATO IL VOSTRO RIFUGIO VORRÀ LA SUA PARTE. ADESSO CHIAMERÒ DIABOLIK.
58

NON RISPONDERÀ.
PERCHÈ? È FORSE COSÌ LONTANO DA NON POTER CAPTARE IL SEGNALE RADIO?
NO, ABBIAMO LITIGATO.
DATEMI L'OROLOGIO, GLI TRASMETTERÒ IL SEGNALE DI PERICOLO.
59

ECCO FATTO. ORA ASPETTIAMO QUALCHE MINUTO. SICURAMENTE NON E' SOLO E DEVE TROVARE UNA SCUSA PER APPARTARSI E RISPONDERMI.

POCO DOPO...
LA RADIO RESTA MUTA... NON RISPONDE NEPPURE AL MIO APPELLO D'AIUTO...
60

DIO MIO, FORSE E' STATO ARRE-STATO!
MA NO, COSA DICO... LA RADIO AVREBBE GIA' TRASMESSO LA NOTIZIA, E VOI LO SAPRESTE.
ALLORA PUÒ AVER AVUTO UN INCIDENTE... DAL NOSTRO RIFUGIO DOVEVA ANDARE AL PORTO. ANCHE SE NON E' STATO GRAVE PUO' AVER PICCHIATO E ROTTO L'OROLOGIO.
TELEFONERÒ ALLA POLIZIA STRADALE E LO SAPRO'. RIDATEMI L'OROLOGIO.
61

POCO DOPO...
NON CI SONO STATI INCIDENTI PER UN RAGGIO DI CENTO CHILOMETRI. DIABOLIK NON RISPONDE PERCHÈ NON VUOLE FARLO!
ALLORA HO CAPITO COSA HA FATTO... PER NON SENTIRE PIÙ LE MIE SCENATE SI È TOLTO L'OROLOGIO E L'HA BUTTATO IN UN CASSETTO.
CHE GENERE DI SCENATE?
62

PER FARE UN COLPO STAVA FREQUENTANDO UNA SIGNORA... IO NE ERO MOLTO GELOSA... E' UNA DONNA MOLTO AFFASCINANTE...
PIU' DI VOI?

VITTORIO, NON VORREI CHE EVA KANT FACESSE LA COMMEDIA PER NON PAGARE.
NO, IN QUESTO MOMENTO LUI E' SUL PANFILO DI QUELLA DONNA!
63

QUANDO MI AVETE NARCOTIZZATO STAVO CORRENDO DA LUI, VOLEVO VEDERLO PRIMA CHE PARTISSE E CHIEDERGLI SCUSA.
ALBERTO, ANDIAMO UN ATTIMO DI SOPRA. POI TORNEREMO GIU' E TRASMETTEREMO IL SEGNALE DI PERICOLO OGNI QUARTO D'ORA.
SÌ, VEDRETE, RISPONDERÀ.
64

QUELLA SERA...
POCO FA HO INTRAVVISTO LILIANA ANDARE VERSO IL VANO MOTORI, I GIOIELLI DEVONO ESSERE NASCOSTI LÌ.

SAREBBE SEMPLICE RUBARLI SE NON NAVIGASSIMO SEMPRE IN ALTO MARE. NEPPURE IO RIUSCIREI A RAGGIUNGERE LA COSTA A NUOTO.
65

DOMANI POMERIGGIO PERO` ATTRACCHEREMO A MELDORF E RIPARTIREMO ALLA SERA. AGIRÒ DOPO CHE IL PANFILO AVRA' LASCIATO IL PORTO E PRIMA CHE SIA TROPPO AL LARGO.

DIABOLIK E' STATO CUPO E TESO PER TUTTO IL GIORNO. AVRA' CERCATO INUTILMENTE DI METTERSI IN CONTATTO CON EVA KANT.
66

E' ANCORA PRESTO PER DIRGLI CHE SO CHI E': LO FARO' SOLO QUANDO SI SARA' CONVINTO CHE LA SUA COMPAGNA SE NE E' ANDATA PER SEMPRE.

IN QUEL MOMENTO ANCHE UN UOMO COME LUI SARA' PIU' VULNERABILE E IO SARO' LI' PRONTA A CONSOLARLO E DISPOSTA ANCHE AD AIUTARLO COME FACEVA EVA KANT.
67

AD OGNI MODO PER EVITARE CHE FACCIA IL COLPO E SE NE VADA HO GIA' CAMBIATO NASCONDIGLIO AI GIOIELLI.
BUONA SERA, CARO.
LILIANA, SEI MOLTO ELEGANTE.
GRAZIE.
68

BERRÒ ANCH'IO UN APERITIVO MENTRE ASPETTIAMO IL SIGNOR SPILLEN. CENEREMO CON LUI.
BENE. LA PRESENZA DEL COMANDANTE MI EVITERA' LE SUE EFFUSIONI. NON NE HO PROPRIO PIU' VOGLIA...

INTANTO...
E' TUTTO IL GIORNO CHE CHIAMIAMO DIABOLIK, E' IMPOSSIBILE CHE NON ABBIA SENTITO.
BEH, ALLORA A QUESTO PUNTO SARA' EVA KANT A PAGARE IL PROPRIO RISCATTO.
69

MI FARÒ ACCOMPAGNARE NEI SUOI RIFUGI E PRENDERÒ PERSONALMENTE SOLDI E GIOIELLI. E NON POTRÀ UCCIDERMI CON QUALCHE TRUCCO E POI SCAPPARE PERCHÉ LA LEGHERÒ STRETTA A ME.

ALBERTO, NON SERVIREBBE A NIENTE, NON HAI VISTO COME È RIDOTTA? EVA KANT ORMAI HA CAPITO D'ESSERE STATA ABBANDONATA E VUOLE SOLO MORIRE. METTEREBBE IN AZIONE UN CONGEGNO CHE UCCIDEREBBE ANCHE LEI.
70

ALLORA NON CI RESTA CHE ELIMINARLA E POI FARLA SPARIRE. QUANDO CHI L'HA DENUNCIATA SI RIFARÀ VIVO GLI DIREMO CHE È RIUSCITA A SFUGGIRCI.
NO, NON LA UCCIDEREMO. IO HO GIÀ FATTO UN ALTRO PIANO.

L'INDOMANI POMERIGGIO...
LILIANA, MENTRE SARAI DAL PARRUCCHIERE IO PASSEGGERÒ PER MELDORF, POI ANDRÒ AD ASPETTARTI ALLA PASTICCERIA CHE C'È IN PIAZZA DELLA FONTANA.
VA BENE, A PIÙ TARDI!
71

HO FATTO ATTRACCARE APPOSTA IL PANFILO A MELDORF. DIABOLIK AVRÀ CHIAMATO LA KANT TUTTA LA NOTTE VIA RADIO E ORA PUÒ ANCHE TELEFONARLE, NON GLI RISPONDERÀ NESSUNO.
NON RIESCO PIÙ A RESTARE IN COLLERA CON EVA, VOGLIO SENTIRE LA SUA VOCE E DIRLE CHE L'AMO. SE LILIANA DEVE ESSERE LA CAUSA DELLA NOSTRA ROTTURA RINUNCERÒ AI SUOI GIOIELLI.
72

IN QUESTO BAR C'È IL TELEFONO PUBBLICO. EVA CONTINUA A IGNORARE LE MIE CHIAMATE RADIO, MA QUANDO SENTIRÀ IL TELEFONO RISPONDERÀ.
R
MI AVEVA DETTO CHE SE NE SAREBBE ANDATA IN VACANZA, E IO CONOSCO I SUOI RIFUGI PREFERITI.
MA QUELLA È EVA!
73

IL SIGNOR CONNOR APPENA HA VISTO EVA KANT SUL CIGLIO DELLA STRADA LE E' BALZATO ADDOSSO E L'HA LEGATA. POI HA CHIAMATO LA POLIZIA CHE L'HA SUBITO TRASFERITA AL CARCERE DI CLERVILLE.

LA COMPAGNA DI DIABOLIK E' IN UNO STATO DI DE-PRESSIONE PREOCCUPANTE. SEM-BRA CHE IL CRIMINA-LE SI SIA INNAMO-RATO DI UN'ALTRA DONNA AL PUNTO DA NON RISPON-DERE NEPPURE AL SUO APPELLO DI AIUTO.
74

EVA KANT INFATTI ERA STATA SEQUESTRATA DA UNA BANDA. QUANDO PERO' I RAPITORI HANNO CAPITO CHE DIABOLIK NON AVREBBE MAI PAGATO PER RIAVERE LA SUA COMPAGNA, L'HANNO ABBANDONATA SUL CIGLIO DI UNA STRADA.

L'ISPETTORE GINKO TEME CHE EVA KANT TENTI IL SUICIDIO E HA DISPOSTO CHE IN CELLA CON LEI CI SIA SEMPRE UNA DONNA POLIZIOTTO.
75

AMORE MIO, NON SENTIVO LE TUE CHIAMATE. LA RADIO DELL'OROLOGIO DEVE ESSERSI GUASTATA!
E' STATO TOLTO UN TRANSISTOR.
SOLO LILIANA PUÒ AVER FATTO UNA COSA SIMILE! MA ORA NON HO TEMPO DI PENSARE A LEI. DEVO CORRERE A CLERVILLE E LIBERARE EVA!
76

INTANTO...
BUON GIORNO, ARMANDO. VOGLIO UNA PETTINATA VELOCE. SONO APPENA SBARCATA.
Armando PARRUCCHIERE
Boutique
TAPPETI ORIENTALI
SIGNORA HEMMER, BENTORNATA! ALLORA NON AVETE ANCORA SAPUTO LA NOTIZIA.
EVA KANT È STATA ARRESTATA MA È QUASI IMPAZZITA. DIABOLIK L'HA ABBANDONATA!
DIO MIO, ANCHE LUI L'AVRÀ SAPUTO E AVRÀ CAPITO TUTTO!
77

OH, MI SONO RICORDATA CHE PRIMA DOVEVO FARE UNA COMMISSIONE. CI VEDIAMO PIU' TARDI.

ando
RUCCHIERE
PRESTO, DEVO TORNARE SUL PANFILO.

INFATTI ...
SIGNOR SPILLEN, RIPARTIAMO IMMEDIATAMENTE!
IL SIGNOR RITTER RESTA A TERRA?
SI'!
78

NON AVREI MAI IMMAGINATO CHE VITTORIO LASCIASSE ANDARE EVA KANT! ORA DEVO PENSARE A PROTEGGERMI DA DIABOLIK.
DEVONO AVER LITIGATO.
COSA FARÀ PRIMA? LIBERERÀ LA SUA COMPAGNA O TENTERÀ DI UCCIDERMI? INTANTO COMINCERÒ A RESTARE SEMPRE AL LARGO E FARÒ FARE ALL'EQUIPAGGIO DEI TURNI DI GUARDIA.
79

DIECI GIORNI DOPO...
COME VA? SEMPRE LO STESSO?
SI'. RIFIUTA IL CIBO E FISSA IL SOFFITTO COME ISTUPIDITA. NON HA ALCUNA REAZIONE, NEMMENO QUANDO VIENE NUTRITA CON LE FLEBOCLISI.

MI FA PENA. NON AVREI MAI PENSATO CHE DIABOLIK FACESSE UNA SIMILE VIGLIACCATA ALLA DONNA CHE E' STATA AL SUO FIANCO PER TANTI ANNI.
80

IO NON CI CREDO! PER QUESTO TUTTI VOI CHE L'AVVICINATE SIETE SOTTOPOSTI AL CONTROLLO DEL VOLTO E ALL'ANALISI DEL SANGUE PER SCOPRIRE SE SIETE DROGATI.
GINKO E' L'UNICO CHE NON CREDE CHE IO ABBIA ABBANDONATO EVA. LE PRECAUZIONI CHE HA PRESO DIMOSTRANO CHE TEME SEMPRE UN MIO INTERVENTO.
81

QUELLA SERA...
EVA KANT, STA ARRIVANDO IL MEDICO CON LA FLEBO.
TRAC
NO! NON LA VOGLIO PIÙ!
82

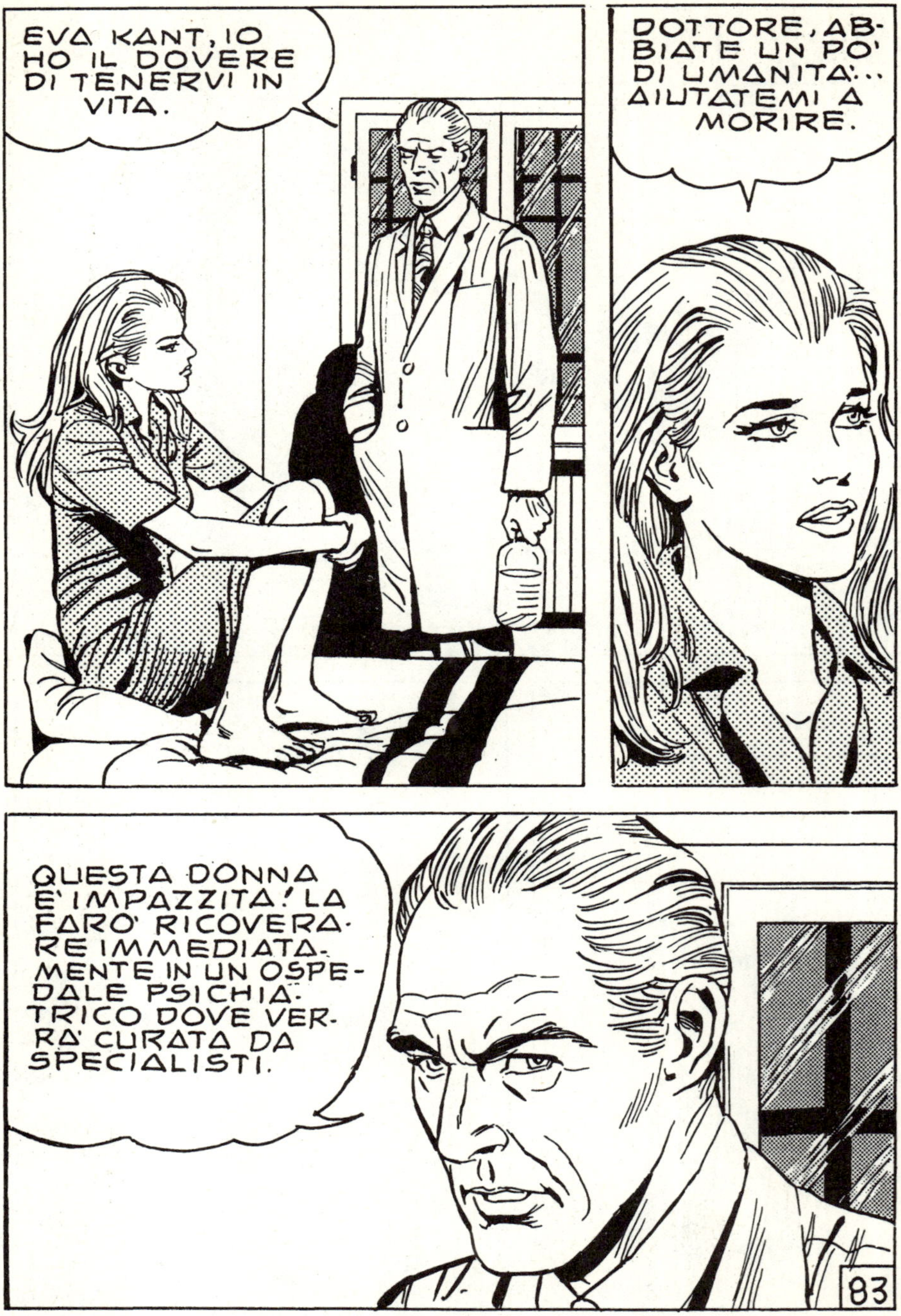
EVA KANT, IO HO IL DOVERE DI TENERVI IN VITA.
DOTTORE, ABBIATE UN PO' DI UMANITÀ... AIUTATEMI A MORIRE.
QUESTA DONNA È IMPAZZITA! LA FARÒ RICOVERARE IMMEDIATAMENTE IN UN OSPEDALE PSICHIATRICO DOVE VERRÀ CURATA DA SPECIALISTI.
83

ANDIAMO A PRENDERE DELLE BENDE E LEGHIAMOLA, LE FAREMO LA FLEBO SUO MALGRADO!
HO DETTO DI NO!

DOTTORE, NON SO SE L'ISPETTORE GINKO DARÀ IL PERMESSO...
ME NE INFISCHIO DI LUI! QUI IL MEDICO SONO IO E QUANDO SI TRATTA DI UN MALATO SONO IO CHE DECIDO!
84

VADO A CHIAMARE L'AMBULANZA.
PRESTO, CORRI A TELEFONARE ALL'ISPETTORE.
POCO DOPO...
GINKO, VEDO CHE VI SIETE PRECIPITATO QUI E CON LA SCORTA.
DATO CHE SECONDO VOI QUESTO TRASFERIMENTO E' INDISPENSABILE, HO PRESO LE MIE PRECAUZIONI.
85

EVA KANT HA BISOGNO DI CURE SPECIALI. IO POTREI SOLO RIMBAMBIRLA CON DOSI FORTISSIME DI SEDATIVI, MA NON ME LA SENTO.
CREDETE CHE ALL'OSPEDALE SARÀ DIVERSO?
FORSE NO. AD OGNI MODO NON NE SARÒ RESPONSABILE.
POSSIAMO PARTIRE?
SÌ. SALGO CON VOI IN AMBULANZA.
86

APRITE IL CANCELLO!
WROOM
WROOM
WRRRR
WROOM
WROOM
87

OHH
OHH

FRENA! LI TIRI SOTTO!
88

E' DIABOLIK! HA COLPITO GLI AGENTI CON DEGLI AGHI AL NARCOTICO!
SBRANG
RICHIUDETE IL CANCELLO!
TROPPO TARDI! HA LANCIATO ANCHE DELLE BOMBOLETTE DI GAS!
89

HO NARCO-TIZZATO ANCHE GLI AGENTI CHE ERANO SUL MURO E HO VIA LIBERA!
CON LA LETTIGA IN CINQUE MINUTI RAGGIUNGERO' LA MIA AUTO...
WROOM
...E POI DA LI' CON EVA ANDRO' AL RIFUGIO.
90

PIÙ TARDI...
ECCO, EVA SI STA SVEGLIANDO.
AMORE...
91

TESORO, DOPO I PRIMI MOMENTI DI DISPERAZIONE HO RIACQUISTATO LA SICUREZZA CHE MI AMAVI SEMPRE.
INFATTI ALLA TERZA NOTTE CHE ERO IN PRIGIONE NE HO AVUTO LA CONFERMA...
LA DONNA POLIZIOTTO CHE DOVREBBE SORVEGLIARMI A VISTA SI E' ADDORMENTATA. LUI E' IN AZIONE!
92

HA SOSTITUITO I BOTTONI DELLA DIVISA CON I NOSTRI CONTENITORI DI GAS. HA FATTO USCIRE IL NARCOTICO PIANO PIANO E LA DONNA HA PRESO SONNO SENZA ACCORGERSENE.
FRA POCO SUCCEDERÀ QUALCOS'ALTRO...
93

È RIUSCITO A LANCIARMI UN CONTENITORE ATTRAVERSO LE SBARRE.
C'È DENTRO UN BIGLIETTO.
HA PRESO IL POSTO DI UN POLIZIOTTO CHE FA LA GUARDIA SUGLI SPALTI. NON AVENDO CONTATTI CON ME NON SUBISCE CONTROLLI, MA DA UN PUNTO DEL MURO RIESCE A VEDERE LA FINESTRA DELLA MIA CELLA.
94

CI VORRÀ UNA SETTIMANA PER FARMI FUGGIRE. STA CONDIZIONANDO IL MEDICO DEL CARCERE A CHIEDERE IL MIO TRASFERIMENTO IN OSPEDALE. PER FAR SCATTARE IL CONDIZIONAMENTO DOVRÒ DIRGLI LA FRASE "AIUTATEMI A MORIRE."
ORA BIGLIETTO E CONTENITORE SI AUTODISTRUGGERANNO.
95

NON È RIMASTA NESSUNA TRACCIA. SI SONO COMPLETAMENTE CONSUMATI.
MI RIMETTERÒ SULLA BRANDA. LA DONNA POLIZIOTTO SI SVEGLIERÀ FRA POCO.
HO CONTINUATO A FINGERE D'ESSERE DISPERATA, MA DA QUEL MOMENTO ERO LA DONNA PIÙ FELICE DEL MONDO. NON POTEVO VEDERTI, MA SAPEVO CHE MI ERI MOLTO VICINO.
DALL'ALTO DEL MURO TENEVO TUTTO SOTTO CONTROLLO.

ORA PER PRIMA COSA SISTEMERO' LILIANA HEMMER. POI MI METTERÒ ALLA RICERCA DI CHI TI HA RAPITO E LASCIATO SUL CIGLIO DI UNA STRADA. SAPEVA CHE TI AVREBBERO VISTO E ARRESTATO.

È VITTORIO NILSON, L'EX MARITO DELLA HEMMER, MA NON FARGLI NIENTE. DAL SUO PUNTO DI VISTA CREDEVA DI AGIRE PER IL MIO BENE.
EVA, NON CAPISCO...
97

QUANDO TU NON HAI RISPOSTO AL MIO APPELLO DI AIUTO ERO DISPERATA E HO SENTITO IL BISOGNO DI SFOGARMI. COSI' GLI HO DETTO CHE ERI PARTITO QUEL GIORNO SUL PANFILO DI UNA DONNA.
ALLA SERA VITTORIO NILSEN SCESE IN CANTINA...
EVA KANT, SO CHE DIABOLIK E' CON LILIANA HEMMER, LA MIA EX MOGLIE!
98

MI È BASTATO TELEFONARE ALLA CAPITANERIA DEL PORTO E CHIEDERE IL NOME DEI PANFILI CHE SONO PARTITI IN GIORNATA. L'UNICO È STATO QUELLO DI MIA MOGLIE.
CONOSCO LILIANA, SO CHE È IN GRADO DI MANOMETTERE UNA RADIO E SOSPETTO CHE SIA TUTTA UNA SUA MANOVRA. FORSE HA SCOPERTO D'AVER VICINO DIABOLIK E SI È INNAMORATA DI LUI.
99

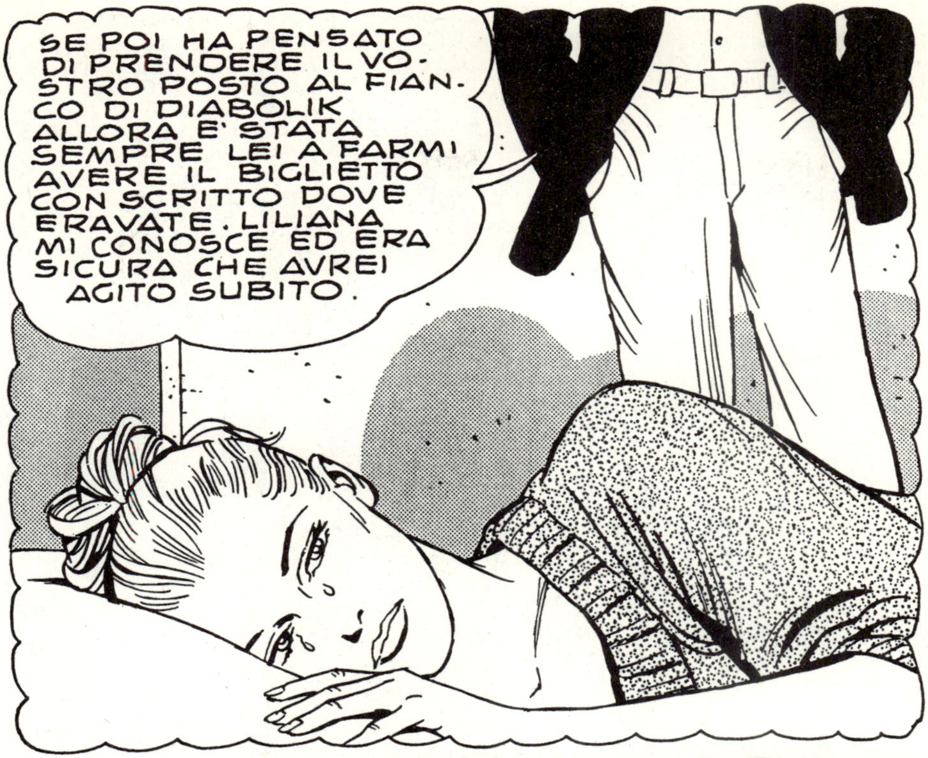
SE POI HA PENSATO DI PRENDERE IL VOSTRO POSTO AL FIANCO DI DIABOLIK ALLORA E' STATA SEMPRE LEI A FARMI AVERE IL BIGLIETTO CON SCRITTO DOVE ERAVATE. LILIANA MI CONOSCE ED ERA SICURA CHE AVREI AGITO SUBITO.

NON POSSO PERÒ ESCLUDERE CHE INVECE SIA STATO DIABOLIK A DENUNCIARVI. SE È INNAMORATO DI LILIANA IN QUEL MODO VI AVREBBE TOLTO DI MEZZO.
100

NO! NON FAREBBE MAI UNA COSA SIMILE.
FORSE NON HA AVUTO IL CORAGGIO DI ELIMINARVI CON LE SUE MANI E HA AFFIDATO A ME L'INCARICO.
VOI MISURATE TUTTI COL VOSTRO METRO!
PUÒ DARSI, MA LO METTERÒ ALLA PROVA. FRA POCO UN MIO UOMO VI CONSEGNERÀ ALLA POLIZIA. DIRÀ DI AVERVI VISTO SUL CIGLIO DI UNA STRADA E DOMANI DIABOLIK SENTIRÀ LA NOTIZIA DEL VOSTRO ARRESTO.
101

GLI DO UN MESE DI TEMPO PER LIBERAR-VI, SE NON LO FARA' LUI LO FARO' IO!

IN OGNI PRIGIONE HO UOMINI AL MIO SER-VIZIO E NON MI SARA' DIFFICILE ORGANIZZARE LA VOSTRA EVASIONE. POI DECIDERETE VOI COSA FARE.
IO SONO SICURA CHE E' STATA VOSTRA MOGLIE A GIOCARCI TUTTI!
102

SE È COSÌ DIABOLIK LA UCCIDERÀ. IO NON HO MAI AVUTO IL CORAGGIO DI FARLO.

TU SAI DOV'E' LILIANA HEMMER?
SEMPRE SUL SUO PANFILO E SEMPRE IN ALTO MARE. MA NON RESISTERÀ A LUNGO.
103

PRIMA O POI TORNERA' A CASA, E LA' TROVERA' L'ACCOGLIENZA CHE SI MERITA. DOMANI STESSO ANDREMO A GHENF.
DUE GIORNI DOPO...
BEN TORNATA, SIGNORA.
BUON GIORNO, GIACOMO. VEDO CON PIACERE CHE NON SEI DIVENTATO PIU' ALTO.
104

NON CAPISCO...
NON IMPORTA. QUESTI UOMINI SONO LE MIE GUAR-DIE DEL CORPO E DA QUESTO MOMENTO NESSUNO ENTRERA' IN CASA SENZA PRIMA AVER SUBITO IL CON-TROLLO DEL VOL-TO.
DIO MIO, SIGNORA, AVETE PAURA DI DIABOLIK?
PERCHÈ TI STUPISCI? POSSEGGO DEI GIOIELLI CHE VAL-GONO MILIARDI E QUEL CRIMINA-LE PER RUBARLI POTREBBE ANCHE UCCIDERMI! A PROPOSITO, DU-RANTE LA MIA ASSENZA È VENUTO QUALCUNO IN CASA?
105

IERI C'E' STATO L'ELETTRICISTA, MA L'HO CHIAMATO IO PERCHE' CONTINUAVANO A SALTARE LE VALVOLE... INFATTI IN CAMERA VOSTRA HA TROVATO DUE FILI CHE FACEVANO CONTATTO.
PRESTO... ANDIAMO A CONTROLLARE!

VENGO CON VOI.
SCOPRIRANNO I MICROFONI.
106

INFATTI...
SIGNORA HEMMER, HO TROVATO UN MICROFONO!
QUI CE N'E' UN ALTRO!
DIABOLIK VOLEVA SENTIRE I MIEI PROGETTI.
DISTRUGGETELI E POI CERCATE IN TUTTA LA CASA.
CRAK CRAK
107

BENE, HANNO TROVATO E SPACCATO I DUE MICROFONI E PRESTO FARANNO LO STESSO CON GLI ALTRI.
LILIANA CREDE DI AVER SCOPERTO COSA SONO ANDATO A FARE A CASA SUA E SI SENTE AL SICURO. SE NON SENTIREMO IL SEGUITO, LO LEGGEREMO DOMANI SUI GIORNALI.

QUELLA SERA...
RESTERÒ QUI POCHI GIORNI, IL TEMPO PER VENDERE LA CASA E SISTEMARE I MIEI INTERESSI.
108

POI ANDRÒ ALL'ESTERO E MI FARÒ LA PLASTICA FACCIALE. QUANDO USCIRÒ SARÒ IN UN'AUTO BLINDATA E CON QUATTRO UOMINI ARMATI. MI CREDONO UN'ESAGERATA, MA NON SANNO COSA C'È DIETRO.
FUORI DALLA PORTA DI QUESTA STANZA C'È UN UOMO PRONTO AD ACCORRERE AL MINIMO RUMORE.
DIABOLIK NON RIUSCIRÀ A UCCIDERMI. SONO SUPERPROTETTA.
109

MMM
TAC
MMM
COSA STA SUCCE-DENDO?
AIUTO! CORRETE!
110

IL CUSCINO HA UN'ANIMA DI FERRO! SI E' CHIUSO SULLA FACCIA DELLA SIGNORA E NON RIESCO AD APRIRLO!

E' TUTTO INUTILE ORMAI, E' MORTA. CHIAMIAMO LA POLIZIA!
111

IL GIORNO DOPO...
DUE SETTIMANE FA LILIANA HEMMER ERA SUL PANFILO CON UN CERTO GIORGIO RITTER CHE E' SPARITO IL GIORNO IN CUI EVA KANT E' STATA ARRESTATA.

IL COMANDANTE MI HA RIFERITO CHE DA ALLORA ERA MOLTO SPAVENTATA E LO OBBLIGAVA A TENERSI SEMPRE AL LARGO. E' SCESA A TERRA SOLO QUANDO E' STATA PRONTA UN'AUTO BLINDATA CHE E' VENUTA A PRENDERLA.
112

ERA LEI LA DONNA CHE SI ERA MESSA TRA DIABOLIK ED EVA KANT.
GIÀ, ED ERA TERRORIZZATA. LA HEMMER SAPEVA CHE DIABOLIK VOLEVA UCCIDERLA E HA CERCATO DI PROTEGGERSI CON OGNI MEZZO.

IN COMPENSO DIABOLIK SAPEVA CHE NON AVREBBE PIÙ POTUTO AVVICINARLA, COSÌ TRAVESTITO DA ELETTRICISTA, LE HA PREPARATO IN ANTICIPO IL SUO CONGEGNO MORTALE.
113

QUELLO CHE MI MERAVIGLIA E' CHE NON ABBIA ESCOGITATO NULLA PER RUBARLE I GIOIELLI.
DOPO QUANTO E' SUCCESSO IL SUO SCOPO ERA SOLO UN ALTRO...
...LA MORTE DELLA RESPONSABILE DELLE SOFFERENZE DI EVA KANT!
114

FINE

«Diabolik - Le rivali di Eva»
di Angela e Luciana Giussani
Oscar bestsellers
Arnoldo Mondadori Editore

Questo volume è stato stampato
presso Mondadori Printing S.p.A.
Stabilimento NSM - Cles (TN)
Stampato in Italia - Printed in Italy